NORBERT GSTREIN
MEHR ALS NUR EIN FREMDER

Hanser

1. Auflage 2023

ISBN 978-3-446-27665-9
© 2023 Carl Hanser Verlag GmbH & Co. KG, München
Zitat auf S.179: Auszug aus dem Lied NINNA NANNA
by GIANNA NANNINI © GNG MUSICA SRL,
Courtesy of Neue Welt Musikverlag GmbH
Umschlag und Motive: Peter-Andreas Hassiepen, München
Satz: Satz für Satz, Wangen im Allgäu
Druck und Bindung: Friedrich Pustet, Regensburg
Printed in Germany

MEHR ALS NUR EIN FREMDER

Nothing is my *last word*
about anything.

HENRY JAMES

Erster Teil

DAS WUNDERKIND, DAS ICH NICHT WAR

SCHMULE

> I had a good life.
>
> PEPI STIEGLER

Eine Zeitlang habe ich jetzt allen Leuten erzählt, ich sei im vergangenen Dezember nach Wyoming gefahren auf der Suche nach meiner Kindheit und auf der Suche nach Schnee, als wäre das eine nicht ohne das andere zu haben. Und ja, es stimmte, und doch war es auch ein Satz, der vom vielen Erzählen zu schön und zu glatt klang und mehr und mehr seinen harten Wahrheitskern verlor. Denn den gab es, einen wahren Kern, und tatsächlich hatte ich schon auf der Fahrt von Denver nach Jackson, wie der Ort in Wyoming hieß, immer mehr feststellen müssen, wie mir auf dem leeren Highway in der Prärie die Zeit abhanden kam, oder vielmehr, wie durchlässig die Zeit wurde, weil in der Weite der Landschaft alles nur mehr Raum war.

Ich war nach Jackson gefahren, weil der Ort, ohne dass ich damals seinen Namen gekannt hätte, mit einer meiner allerersten Erinnerungen zu tun hatte. Es war eine Auswanderergeschichte, die mir mein Vater als Vier- oder Fünfjährigem erzählt hatte, die Geschichte eines österreichischen Skirennläufers, der in den sechziger Jahren des vergangenen Jahrhunderts nach Amerika gegangen war und dort eine Skischule gegründet hatte. Für meinen Vater, selbst Inhaber einer Skischule, war auszuwandern und an einem anderen Ende der Welt in seinem eigenen Metier gleich wieder Fuß zu fassen offensichtlich das

ERSTER TEIL

Schönste und Größte gewesen, was man überhaupt tun konnte, und jetzt, fünfzig Jahre später, saß ich in den Rocky Mountains einem über achtzigjährigen Mann in seiner Küche gegenüber und bemühte mich, ihm zu erklären, was mich zu ihm geführt hatte.

Davor hatte ich ihn von Hamburg aus vergeblich zu kontaktieren versucht und war schließlich einfach nach Denver geflogen, hatte ein Auto gemietet, war stundenlang durch die sanft schneebestäubte Vorwinterlandschaft gefahren und hatte an seiner Tür geklopft. Nach einem Unfall geschwächt, hatte er eine Betreuerin zur Seite, und wir sprachen ihretwegen hauptsächlich englisch, aber zwischendurch gab es immer wieder Einsprengsel in dem Tiroler Dialekt, seinem Dialekt, der für mich so vertraut war, weil er sich in vielem wie der Dialekt meiner Kindheit anhörte. Er war als junger Mann Olympiasieger im Slalom gewesen, hatte mit mehr als sechzig Jahren noch ein Literaturstudium begonnen und auch abgeschlossen, und er hatte eine Cessna besessen, zeigte mir ein Foto von den Bergen, das er aus dem Flugzeug aufgenommen hatte, und sagte: »*I had a good life.*« Die Betreuerin versicherte mir, einem Besucher aus Europa, der aber gar nicht mit diesen Vorurteilen ins Haus gekommen war, er habe bei den Präsidentschaftswahlen im vergangenen Jahr nicht den Falschen gewählt, in dem Städtchen, das angeblich das höchste oder jedenfalls eines der höchsten Pro-Kopf-Einkommen in den USA hatte, nicht gerade die Norm. Dazu sagte sie: »*Pepi has always been a nice and decent man.*«

Später kam seine Tochter herein, sie unterhielten sich eine Weile, er forderte sie auf, mit mir deutsch zu sprechen, aber sie weigerte sich, und sie verabschiedete sich mit einem »*I love you,*

Papa« von ihm. Natürlich kann man sagen, das sei die amerikanische Art, kann es auch amerikanische Oberflächlichkeit nennen, aber ich dachte im selben Augenblick, in Tirol, in dem Dialekt, in dem ich aufgewachsen bin und der dem Dialekt so ähnlich war, in dem er aufgewachsen ist und seine Tochter aufgewachsen wäre, wenn er sich nicht zum Weggehen entschlossen hätte, wäre ein solcher Satz nicht möglich gewesen, weil keine Wendung dafür vorgesehen war. Vielleicht hatte es allein schon deshalb mit dem Weggehen seine Richtigkeit gehabt, vielleicht auch hatte sich allein schon deshalb meine Reise in den amerikanischen Westen gelohnt.

Geschneit hat es nicht in den paar Tagen, die ich in Jackson verbracht habe, und es lag auch kaum Schnee dort, aber als ich von meinem Besuch ins Freie trat, waren auf der Piste am Rand des Städtchens die Schneekanonen in Betrieb. Ich hatte mich von dem alten Mann verabschiedet, zuerst auf englisch, aber dann sagte er »Pfiat di« zu mir, wie er es in Tirol getan hätte, und auch ich sagte »Pfiat di« zu ihm. Danach stand ich draußen in der Kälte, und es waren knapp minus zwanzig Grad, wenn ich die Fahrenheit richtig in Celsius umrechnete, zwei halbe Kontinente und ein Meer von zu Hause oder dem, was man so nannte, entfernt.

Es macht mir immer Mühe, die eigene Geschichte zu erzählen, ohne sofort auf den Gedanken zu verfallen, es könnte genausogut die Geschichte von jemand anderem sein und ich arbeitete statt einer Festschreibung einer Auslöschung zu. Wenn ich über meine Kindheit nachdenke, kann ich »ich« sagen oder »er«. Sooft ich »ich« sage, fällt mir als erstes ein, wie gut ich sein wollte, früh imprägniert mit Moral, vielleicht aus der Bibel, vielleicht aus einem kindlichen Wünschen und Glauben, mit dem wir Menschen, jedenfalls mit der Anlage dazu, womöglich schon auf die Welt kommen, und zudem ein langes Sündenregister, was ich alles angestellt hatte oder was mir vielleicht auch nur als Verfehlung angekreidet wurde und was ich am Ende zu allem Überfluss auch noch erfand, damit ich in der Beichte etwas vorzuweisen hatte. Wenn ich »er« sage, halte ich es fast nicht aus und denke: »Dieses Kind warst du«, »Dieses Kind sollst du gewesen sein«, und möchte noch heute meine schützende Hand über den Sechs-, Sieben- oder Achtjährigen halten in seiner Heimat- und Antiheimat-Gemengelage mit ihren Schrecknissen, aber auch Schönheiten und hänge gleichzeitig an der Nichtaustauschbarkeit meiner Kindheit, als würde ich, hätte ich die Wahl, paradoxerweise nicht einmal die Schrecknisse daraus verbannt haben wollen.

Die Welt, in der ich aufgewachsen bin, gerade fünfhundert Meter von der Kirche am Dorfeingang bis zum letzten Haus, dem Haus hinter dem Hotel meiner Eltern, am Dorfende, wo die Straße nicht mehr weiterführte, war auch eine biblische Welt. In den Romanen von Willa Cather, die eine Präriekindheit in Nebraska hatte, gibt es Figuren, die in der Bibel lesen, als wären die darin geschilderten Ereignisse noch nicht so lange her, eine Empfindung, die ich nur zu gut kannte. Mehr noch als die Zeit aber betraf es den Ort, und das wiederum hatte ich später bei Lydia Davis gefunden, die in einer Erzählung nach den Erinnerungen eines Vorfahren eine Dorfwelt an der amerikanischen Ostküste beschreibt, eine jüdische Welt, neunzehntes Jahrhundert, die der Beschreibung nach genausogut meine katholische Kindheitswelt hundert Jahre später hätte sein können.

Zusammengefasst war das in ihren Worten eine Welt, in

der Ägypten in einem nahe gelegenen Wäldchen lag, in der auch der Nil irgendwo in der Nähe vorbeifloss, in der das Rote Meer, nur gerade außer Sichtweite, irgendwo im Nordosten sein musste und der Palast des Pharaos nicht weit entfernt auf einer Anhöhe. Die Patriarchen lebten in den Feldern des Großvaters, und als Abraham in das Land kam, war es in der nordwestlichen Ecke einer Wiese, die jetzt dem Bruder gehörte. Jakob floh vor Esau und wurde in ebendieser Wiese von der Nacht eingeholt, in der Nähe eines Kirschbaums, und da sah er die Engel auf ihrer Leiter aus den Wolken herabsteigen und wieder in ihnen verschwinden.

Der Himmelsausschnitt, den man im Dorf meiner Kindheit zwischen den steil ansteigenden Hängen sehen konnte, war klein, aber der Himmel, den man nicht sah, war groß. Nach einer offiziellen Zählung lebten dort vier Jahre vor meiner Geburt, in dem Jahr, in dem mein Großvater starb, exakt hundert Leute, ob er da noch mitgerechnet worden war oder nicht. Dann schwankte die Zahl lange zwischen hundertzwanzig und hundertfünfzig, bis ich zuerst ins Internat und danach endgültig wegging, und mehr sind es auch seither nicht geworden.

Ich sitze im Hotel meines Großvaters, während ich dies schreibe, gegenüber steht das Hotel meiner Eltern, in dem ich aufgewachsen bin, Sommerbeginn, vor der offenen Balkontür das unaufhörliche Rauschen des Gebirgsbachs, das ich in meiner Kindheit nie richtig wahrgenommen habe, und ich habe gerade mit meinem Onkel Jakob gesprochen. Er hat mich, wie so oft, nach dem Buch gefragt, das er manchmal mein Buch nennt, manchmal sein Buch, manchmal unser Buch, und von dem ihm Leute sagen, ich hätte es nicht schreiben dürfen, während er selbst wohl nicht so recht weiß, was er davon halten soll, oder in seiner Meinung dazu hin und her wechselt, am Ende aber ganz offensichtlich auch stolz darauf ist. In dem Buch, bei dem es sich um mein erstes Buch handelt, in dem das Wort »Liebe« nur als Lexikoneintrag vorkommt, als ganzseitiges Zitat aus dem Duden, geht es um einen jungen Mann, der mit der Dorfwelt und mit sich selbst hadert, und die Hauptfigur trägt denselben Namen wie mein Onkel, sie heißt Jakob, und ja, es ist sein Name, und ich habe mir beim Schreiben hundertmal überlegt, ob ich sie nicht anders nennen soll, nicht anders nennen muss, bin aber zum Schluss gekommen, dass ich sie gar nicht anders nennen kann, weil sie auch meinen Namen trägt.

Denn ich bin mit der Prophezeiung großgeworden, ich sei der zweite Jakob und es werde schlimm mit mir kommen, wie es schon mit meinem Onkel schlimm gekommen sei, wenn ich mich weiter vor allen Leuten versteckte, wenn ich mich vor jeder Arbeit drückte, wenn ich mich anstellte wie ein Taugenichts und Tunichtgut und den ganzen Tag den Kopf nicht aus meinen Büchern bekäme. Ist es mir lange so erschienen, als könnte ich meine Kindheit allein erzählen als den Versuch, diese Prophezeiung von mir abzuwenden, kommt es mir mehr und mehr so vor, als ginge es eher darum, sie zu erfüllen. Mein Onkel Jakob ist nie einer geregelten Arbeit nachgegangen, außer vielleicht in seinen paar Jahren mit dem Saumpferd, das er in die Berge geführt hat, und den paar Jahren als Skilehrer in der Skischule meines Vaters, bis er dort nicht mehr zu haben war, wie es hieß, die paar Skilehrerjahre, die auch ich in meiner Biografie habe, auch mit dem ewigen Nachruhm im Dorf, dass ich eigentlich nicht dafür zu gebrauchen gewesen sei. Er hat davon geträumt zu singen, wie ich später davon geträumt habe zu schreiben, und ist meistens nur zum Gespött der Leute mit seiner Ziehharmonika in den Tanzlokalen des Dorfes aufgetreten, während ich jetzt mit meinen Lesungen meine eigenen Auftritte habe, manchmal womöglich genauso haarscharf am Spott vorbei.

Ich habe den Titel *Jakob der Letzte* von Peter Rosegger bislang nicht gekannt, aber gerade jetzt stoße ich auf einen Hinweis auf das Buch. Darin ist von einem »alpenländischen Desperado« die Rede, »der gegen die Mächte der Zeit aufbegehrt und unterliegt«, einem »›Modernisierungsverlierer‹ par excellence« und dem »Prototypen des Amokläufers«. So viel davon auch auf meinen Onkel Jakob zutreffen mag, letzteres ist er gewiss nicht, aber mit seinem wirren Haarschopf und dem wilden Blick erinnert er mich manchmal an einen, der lange Zeit in einer Hütte im Wald gelebt haben könnte und plötzlich ans Licht der Öffentlichkeit gezerrt wird.

Schon über achtzig, ist er vor zwei Jahren noch zu Fuß die drei Stunden ins Nachbardorf gegangen, wenn ihn niemand im Auto mitgenommen hat, hat dort die Nacht durchgemacht und ist dann die drei Stunden zu Fuß wieder zurückgegangen, oft mitten auf der Straße. Unser Nachname kommt in der Gegend häufig vor, und heute trägt er eine Trainingsjacke mit den Riesenlettern GSTREIN auf dem Rücken, das Geschenk einer Installationsfirma gleichen Namens, er trägt sie stolz, ja, mit der stolzen Behauptung, wie viele Leute dieses Namens es auch immer geben möge, er sei das Original. Dazu hat er nagelneue Turnschuhe an den Füßen, die er vor dem ersten Tragen in dicken Schichten mit Wandfarbe angepinselt hat, weil er sich lange schon weiße Turnschuhe wünscht, die jetzt modern sein sollen, wie er sagt, und leider nur farbige bekommen hat.

ERSTER TEIL

Der zweite Name für mich, gegen den ich meine ganze Kindheit lang angekämpft habe, war »Schmule«. Der damit verbundene Spott war so groß, dass man mich als Kind mit nichts anderem wütender machen konnte als mit dem Verdikt, mich so zu nennen. Von den Erwachsenen musste ich es hinnehmen, aber bei den anderen Kindern war meine Reaktion, dass ich ihnen ihre Spitz- und Spottnamen an den Kopf warf, die sich aber nie auch nur annähernd so gemein anhörten wie mein Schmule, oder ich stürzte mich mit meinen Fäusten auf sie und prügelte auf sie ein. Ich habe lange nicht darüber nachgedacht, wie ich zu dem Namen gelangt bin, es ist niemand mehr da, den ich fragen könnte, und die Spekulationen, die sich anstellen lassen, sind mir nicht geheuer, denn ich rede von der Wirklichkeit und nicht von einem Roman, und mit dem Namen Schmule, selbst als brutaler Spott gemeint, ist schnell eine Anmaßung verbunden.

Zu verdanken könnte ich den Namen einem Hotelgast haben, einem Stammgast vielleicht, der dann was in mir gesehen hätte? Auch könnte ich ihn, womöglich sogar ins Positive gewendet, wenn das nicht schon zuviel Hoffnung ist, von meiner Großmutter bekommen haben, die Dorfschullehrerin war, bevor sie meinen Gastwirt-Großvater geheiratet hat und selbst Gastwirtin geworden ist, und von der es heißt, dass ich ihr Lieblingsenkel gewesen sei und dass sie mich deshalb mit Schokolade buchstäblich vollgestopft habe. Aber Schmule, warum sollte sie mich Schmule nennen? Nicht, dass ich mir etwas vormache. Ist vielleicht die schlimmste Erklärung die richtige, und würde die schlimmste Erklärung, wenn ich sie zuließe, nicht nur meine Kindheit, sondern mein ganzes Leben auf den Kopf stellen?

Das deutsche Verb »schmulen« habe ich nicht gekannt, und ich stoße erst jetzt bei meiner Suche im Internet darauf. »Heimlich schauen« finde ich als Bedeutung, beispielsweise wenn einer beim Kartenspielen einem anderen versteckt in die Karten blickt, aber auch »durch die Finger schauen«. Gebraucht wird oder gebraucht worden ist das Wort vor allem im Berlinerischen. Ich kann mir vorstellen, dass ich als Kind viel durch die Finger geschaut habe, schüchtern, verschämt und leutescheu, wie man es genannt hat, und ich wäre froh, wenn das schon die ganze, die ganze harmlose Erklärung wäre, aber dann steht bei der Herkunft des Wortes einerseits: »ungeklärt«, aber andererseits doch auch: »wahrscheinlich vom jüdischen Schmul, veraltete Bezeichnung für Jude.«

Ich sitze im Hotel meines Großvaters und weiß um die Schwierigkeit einer solchen Inanspruchnahme, es gibt längst schon wieder zu viele Deutsche in Deutschland und zu viele Österreicher in Österreich, die ihre Geschichte mit den Juden von der falschen Seite aufzäumen, und muss mich jetzt doch fragen, was wäre, wenn mich die Erwachsenen im Dorf in vollem Bewusstsein, woher das Wort kommt, meine ganze Kindheit lang Schmule genannt hätten, und in welchen Abgrund ich dann blicken würde. Würde das nicht erklären, warum ich damals intuitiv begriff, dass dieser Spottname die krasseste Ächtung bedeutete und dass ich mich deswegen mit Händen und Füßen dagegen wehrte, und müsste ich als Folge den allerersten Satz meines ersten Buches, der »Jetzt kommen sie und holen Jakob« lautet, nicht noch einmal ganz anders lesen, als ich ihn geschrieben habe? Draußen rauscht immer noch der Gebirgsbach, und ich frage mich, warum ich mir diese Frage nicht schon früher gestellt habe, warum mich erst das Verfertigen dieser Sätze auf diese Gedanken bringt, die einen Blick auf eine Welt vor meiner Geburt andeuten wie hinter Milchglas, eine Welt, die wirklich sichtbar zu machen mir die richtigen Gedanken und richtigen Sätze noch fehlen.

Es gibt ein Foto, auf dem mein Vater, meine Onkel und meine Tanten abgebildet sind, das einzige Foto, auf dem auch meine Tante Angela zu sehen ist, die mit zehn Jahren an einer Gehirnhautentzündung gestorben ist, und auf diesem Foto sieht mein Onkel Jakob auffallend anders aus als seine Geschwister. Er ist heller, hat helleres Haar, feinere Gesichtszüge, ist in seiner ganzen Anmutung weniger dorfjungenhaft, weniger bäurisch, mein Onkel Jakob, der gerade heute wieder von sich gesagt hat, dass die Leute von ihm gedacht hätten, er sei dumm, er sei nicht richtig im Kopf, und dass es sich in Wahrheit ganz anders verhalte, dass er sie alle in die Tasche stecke, wenn er nur wolle, um dann verschmitzt den Satz folgen zu lassen, den er schon oft geäußert hatte, der mich mit einschloss und den ich von ihm am meisten liebte: »Solche wie uns zwei hat es nie gegeben.« Auf diesem Foto, aufgenommen ziemlich genau zu Beginn des Krieges, auf dem sie alle mit kurzen Hosen und dicken, wahrscheinlich kratzigen Wollstrümpfen zu sehen sind, die beiden Mädchen mit dunklen Zöpfen, hat er beinahe etwas Städtisches, und wenn ich jetzt nur einen Gedanken weiter denken, einen Satz weiter schreiben würde, wäre das schon wieder der Anfang eines Romans, in dem meine Großmutter einen geheimen Liebhaber gehabt hätte, der irgendwann in den dreißiger Jahren des vergangenen Jahrhunderts ins Dorf gekommen sein könnte, womöglich ein Amerikaner oder sonst einer, der später nach Amerika gegangen wäre.

DAS WUNDERKIND, DAS ICH NICHT WAR

Nur wenige Schritte vom Grab meiner Großeltern und vom Grab meiner Eltern gibt es auf dem Dorffriedhof direkt an der Friedhofsmauer auch ein amerikanisches Grab, jedenfalls für mich, während es in Wirklichkeit genausogut ein englisches sein könnte und ich mich nur nicht weiter erkundige, um meiner Phantasie nicht den Boden zu entziehen. Es hat ein schmiedeeisernes Kreuz wie alle anderen, und die halb verblasste Inschrift auf seinem Schild lautet: »*In loving memory of Jack Howard and Kenneth Armstrong, who lost their lives in these mountains, January 3rd, 1935. Good friends they rest together.*« Diese Worte waren wohl meine erste Berührung mit der englischen Sprache, die mir manchmal näher geht als das Deutsche und mich kindisch wünschen lässt, ein amerikanischer Schriftsteller zu sein, und ich kann mich schwindlig denken an dem Gedanken und an der Folgenlosigkeit des Gedankens, dass 1935, das Todesjahr von Jack Howard und Kenneth Armstrong, auch das Geburtsjahr des alten Mannes in Jackson, Wyoming, war und um ein einziges Jahr nur das Geburtsjahr meines Onkels Jakob, der 1934 geboren ist.

Das Grab meiner Eltern erinnert mich daran, dass ich fast auf den Tag gleich alt bin, wie mein Vater zum Zeitpunkt seines Todes war, und müßige Zahlenspielereien, aber ich phantasiere mir zusammen, dass erst jetzt, dreißig Jahre nach seinem Tod, dreißig Jahre auch nachdem mein Buch über Jakob erschienen ist, mit jedem Tag, den ich ihm im Alter vorangehe, die vaterlose Zeit erst richtig beginnt. Abgesehen davon, dass es sich dabei um einen fast schon zu hübschen, literarischen Gedanken handelt, ist es die Wahrheit, und ich kann nur schwer ausweichen, sollte ich gefragt werden, ob ich nicht endlich bereit sei, für mich selbst einzustehen. Denn ich bin demnach wohl wirklich

ERSTER TEIL

kein Kind mehr, wenn ich im November wieder nach Wyoming fahre, auf der Suche nach der dort vielbeschworenen *»solace of open spaces«*, was ich lieber unübersetzt lasse, auf der Suche nach Schnee.

Zweiter Teil

... UND EXISTIERE ODER EXISTIERE NICHT ...

DIE OHNE
NOT GESAGTE
WAHRHEIT

> Welterzeugung beginnt mit einer Version
> und endet mit einer anderen.
> NELSON GOODMAN,
> »WEISEN DER WELTERZEUGUNG«

Ich komme über einen sehr weiten Umweg nach Göttingen, und vielleicht kann dieser Umweg meinen ganzen Lebensweg beschreiben, ohne dass ich sagen könnte, ich hätte jeweils oder vielleicht auch nur je einmal die richtigen Entscheidungen getroffen, wenn es denn Entscheidungen waren. Eigentlich hätte ich schon vor vielen Jahren hier sein wollen, am Anfang meines Mathematikstudiums, als kindischer Schwärmer für Gauß, aber ich hatte mich trotz des Wunsches, in Göttingen zu studieren, von den wahrscheinlich gar nicht so hohen bürokratischen Hürden, die ich als Österreicher zu überwinden gehabt hätte, meiner Ängstlichkeit und der Aussicht, vielleicht abgelehnt zu werden, einschüchtern lassen. Denn noch lange, jedenfalls Jahrzehnte nach dem Tod von Gauß war es fast ein Muss gewesen, wenigstens ein paar Monate in Göttingen zu verbringen, wenn man als Mathematiker etwas auf sich hielt oder auch nur etwas werden wollte. Man pilgerte an den Ort, an dem der mit dem für heutige Verhältnisse etwas lächerlichen Titel »Fürst der Mathematiker« bedachte Gauß gelehrt hatte, wie man zu seinen Lebzeiten die eigenen Arbeiten an ihn schickte, manchmal ohne eine Antwort zu bekommen, und manchmal bekam man nur die niederschmetternden Zeilen, was man da gemacht habe, sei ja schön und gut, aber er, Gauß, habe das schon vor Jahren selbst gemacht. Zumindest war das der Mythos, der mich in der hundertmal abgeschwächten und gleichzeitig verstärkten Form eines Märchens in der Tiroler Provinz erreichte.

Wahrscheinlich hängt einem in Göttingen das ewige Reden von Gauß längst zum Hals oder zu den Ohren heraus, aber ich kann es immerhin damit rechtfertigen, dass ich, ein Manko und also mit allen Vorbehalten, dank Wikipedia einen eleganten kleinen Schlenker zu Lichtenberg zu machen vermag, dem Namensgeber dieser Poetikvorlesungen. Denn dort ist vermerkt, dass Gauß im Sommersemester 1796 bei Lichtenberg, der zu der Zeit Ordinarius für Physik war, Experimentalphysik und sehr wahrscheinlich im Wintersemester darauf Astronomie belegt hatte. Die Vorstellung ist schön, Gauß als Student bei Lichtenberg, der währenddessen seine *Sudelbücher* schrieb, mit Erkenntnissen, was er über sich wusste und was er über sich und erst recht über andere nicht wissen konnte, und der Überzeugung, dass das seinen Zeitgenossen nur in geringen Dosen zuzumuten wäre, weil er, Lichtenberg, selbst schon Entsetzen vor der eigenen Person empfand, sich schämte und fürchtete, seine Aufrichtigkeit würde bei Lesern nur um so mehr Unverständnis und Scham auslösen, »Mitscham«, wie er es nannte, das heutige Fremdschämen wohl.

Ich war jedenfalls ein vierzehn-, fünfzehn-, sechzehnjähriger Internatsschüler, sehr verschlossen, sehr auf mich gestellt, und verbrachte meine Nachmittage damit, mich mit ungelösten und tatsächlich unlösbaren mathematischen Problemen zu

... UND EXISTIERE ODER EXISTIERE NICHT ...

beschäftigen. Das war der Titel eines Bändchens gewesen, *Ungelöste und unlösbare mathematische Probleme*, das auf welchem Weg auch immer in die Papier- und Buchhandlung des Bezirksstädtchens gelangt war, in dem ich zur Schule ging. Dort hatte ich es entweder gekauft oder wie manche der von mir blindlings geliebten, aber damals für mich ebenso unerschwinglichen wie noch unverständlichen Mathematikbücher eher wohl geklaut, und selbstverständlich wollte ich mindestens eines der ungelösten und, noch besser, eines der unlösbaren Probleme lösen.

Außerdem war ich im Besitz eines schmalen Bandes mit Tagebuchaufzeichnungen von Gauß in lateinischer Sprache, mehr ein Arbeitsjournal als ein Tagebuch, das sich mit privaten Ereignissen beschäftigte, auch wenn ich mich vage an den Eintrag »Ein Kind ist uns geboren« erinnere, der neben irgendeiner mathematischen Großtat des Tages stand, und eine Weile trug ich eine Fünf-Mark-Münze mit dem Bildnis von Gauß offen über der Brust, um allen unmissverständlich klarzumachen, wer ich war und was mich antrieb. Ich habe keine Ahnung, woher ich den Wagemut nahm, sie mir umzuhängen. Die Vorstellung, dass ich so etwas einmal allen Ernstes getan hatte, lässt mich immer noch verschämt den Blick senken. Doch ich hatte sie mir lochen lassen und sie an einer Kette befestigt, und sie nahm eine Weile den Platz ein, den nicht lange davor noch der Schutzengel eingenommen hatte, allerdings unter dem Hemd, das Allerheiligste, an dessen Zügel ich seit meiner Geburt oder meiner Taufe hing und das ich bei einer Balgerei im Freibad verloren hatte.

Die Münze, es kommt noch dicker, fast schon wie in einem sehr schlechten, auf die falschen Effekte hingebogenen Roman, war das Geschenk eines Mönchs gewesen, der mir den Hof gemacht hatte. Ich hatte ihn ein paar Wochen lang getroffen und mir von seiner Aufmerksamkeit schmeicheln lassen, weil es doch einen Grund geben musste, dass er ausgerechnet mich auserwählt hatte. Dabei konnte ich mir gar nicht vorstellen, dass er mehr von mir wollen könnte, als mit mir am Fluss spazieren zu gehen und mich in religiös esoterische Gespräche zu verwickeln, in denen es immer um das Ganze ging, um Sinn und Unsinn des Lebens.

Mit diesen Erinnerungen an meine Anfänge als Möchtegernmathematiker stehe ich als ziemlich verschwommene Erscheinung vor meinen eigenen Augen, alles in allem ein pathetisches Bild des Künstlers als junger Mann, wenn ich ein Künstler wäre oder auch nur einer sein wollte und nicht in Wirklichkeit den Begriff mehr fürchten würde als jede andere Zuschreibung, die ich mir einhandeln könnte. Alles durfte man mich nennen, selbst einen Verbrecher oder Versager, solange es nicht Künstler war, um gar nicht davon zu reden, dass ich zu Mordphantasien neigte, wenn mich jemand einen Kulturschaffenden nannte oder glaubte, ich würde zur Gruppe der Kulturschaffenden gehören, in der das immer bloß eingebildete Genie seinen Frieden mit der Beamtenseele schließt. Zudem würde ich liebend gern behaupten, ich hätte mich aus einer klaren Entscheidung von der Mathematik ab- und der Literatur zugewandt, aber das stimmt nicht, und es stimmt erst recht nicht, wenn ich daraus eine moralische Entscheidung machen oder nahelegen würde, ich hätte mich von einem weniger wahren Zugang zur Welt zu einem wahreren bekehrt.

Denn ein Gegensatz, der aber nur ein vermeintlicher Gegensatz sein kann, ist nur zu schnell hergestellt, hier das Quantitative und also eher Schlechte oder sogar Böse, dort das Narrative, so heißt es wohl, und also eher Gute, hier Kälte, dort Wärme, hier Kapitalismus, ja, auf die Spitze getrieben, Neoliberalismus, in dem alles mit Zahlen und Werten belegt wird und seinen Preis hat, dort Humanismus und sanftes Weltverstehen in Verbindung mit möglichst vielen anderen und möglichst anderen anderen. Das ist eine Haltung, wie ich sie in den Poetikvorlesungen des von mir geschätzten Jonas Lüscher gefunden habe und wie man sie von einem gestandenen Autor vielleicht erwarten kann, und es mag alles seine Berechtigung haben, aber in dieser Ausschließlichkeit glaube ich nicht daran, und ich glaube erst recht nicht daran, wenn man die großen Weltprobleme ins Spiel bringt. Es ist allzu leicht, von Gerechtigkeit oder vom Guten, Wahren, Schönen zu reden, und man kann wahrscheinlich auch sagen, dass vielen, oder vielleicht sind es nicht einmal so viele der bald acht Milliarden Menschen, die den Erdball bevölkern, etwas fehlte, wenn es keine Literatur und keine Kunst gäbe, sollte dabei jedoch nicht vergessen, was es für die Lebensumstände der weniger Glücklichen der acht Milliarden bedeutete, wenn es keine Mathematik gäbe, ganz abgesehen davon, und das kann man noch als Segen begreifen, dass es ohne Mathematik gar nie acht Milliarden geworden wären, weil sich dann der Platz auf dem Planeten schon für eine viel geringere Zahl von uns als viel zu klein erwiesen hätte.

Für mich gilt eher, dass ich aus der Mathematik herausgefallen bin und mich in die Literatur hineingescheitert habe, womit ich wieder nichts Literarisches sagen will, also nicht Scheitern als das bessere Gelingen, wie es vielleicht einmal wahr gewesen sein mag, aber in der Selbstverständlichkeit der ständigen Wiederholung längst falsch ist und für jedes Ohr, das zu hören weiß, ganz und gar grauenhaft klingt, nicht einmal mehr nach einem missverstandenen Beckett oder Kafka oder meinetwegen auch Robert Walser, sondern nach den ewigen Heilsversprechungen der Kirche und ihren Vertröstungen auf ein Jenseits, in dem die Letzten die Ersten sein werden und die Ersten die Letzten. Manchmal kommt es mir so vor, als gäbe es in der Literatur und vielleicht mehr noch in der Literaturvermittlung überhaupt allzu automatisch diese Selbstverkleinerungsvereinbarungen, die an jeder Stelle, an der sie scheinbar schamhaft, in Wirklichkeit aber unverschämt auftauchen, auf ihre Triftigkeit hin untersucht und, wenn sie nicht triftig sind, als genau die Selbstvergrößerungsversuche entblößt werden sollten, die in Wirklichkeit dahinterstecken. Sie können vor Publikum ironisch sagen, Sie würden einen großen Roman schreiben, und kaum einer wird die Ironie und den dahinter verborgenen Ernst zu würdigen wissen, und Sie können umgekehrt auf Zustimmung setzen, wenn Sie sich bescheiden, nein, bloß nicht, bloß keine Rede von Größe, bloß kein großer Roman, allein die Idee sei pure Eitelkeit.

Dabei muss ich gestehen, ich wollte in meiner Verblendung ein großer Mathematiker werden. Wenn ich »scheitern« sage, meine ich also »scheitern«, und es fällt mir immer noch schwer, mich an die Konvention zu gewöhnen, nur nicht auszusprechen, dass ich gern, wenn schon nicht große, weil »Größe« vielleicht wirklich nicht mehr der richtige Begriff ist, so doch sehr oder sehr, sehr gute Romane schriebe, wenn ich schon Romane schreibe, und stattdessen brav zu sagen, ich hätte vor, den fünfzehnt- oder sechzehntbesten Roman der Saison zu schreiben. Denn damit kann ich hoffen, mir ob meiner Zurückhaltung allenthalben wohlwollendes Nicken einzuhandeln, das mir bestätigt, dass ich mit solchen Sätzen das Zerknirschungs- und Selbstzerknirschungsgeschäft unseres Metiers gelernt habe. Vielleicht bin ich in der Folge sogar ein Anwärter für das Genanntwerden auf einer sogenannten Longlist für einen Preis, schamerfüllt, wenn ich ihn dann nicht bekomme, und wahrscheinlich ebenso schamerfüllt, wenn ich ihn bekomme, ein richtiger Schriftsteller, dem sie die Zähne gezogen haben und der jetzt nach Herzenslust zubeißen darf, um mit jedem Biss brav seine Zahnlosigkeit zu beweisen.

Andererseits kann ich mir immer noch wenig Schöneres vorstellen als die von meinem Professor in Innsbruck in seinen mathematischen Vorlesungen und Seminaren mit wilden Schwüngen vollgeschriebenen Wandtafeln. Es war eine Freude, ihm zuzuschauen, wie er in Riesenlettern hinschrieb: »Satz«, oder: »Hilfssatz«, oder: »Lemma«, und wie er den so angekündigten Satz oder den Hilfssatz oder das Lemma folgen ließ und wie er dann in ebenso großen Buchstaben »Beweis« hinschrieb, und dann folgte der Beweis. Er hatte ein paar Semester in Chicago studiert und sagte zwischendurch manchmal: »Hier in Europa mache nur ich das so«, und das war ein Selbstverständnis, für das ich zu haben war.

Die Schönheit lag im augenblicklichen Verstehen, die Schönheit lag aber auch im momentanen Nichtverstehen, fast wie bei manchen Gedichten, weil es einen in eine elektrisierende Anspannung versetzte. Sie lag in der Gewissheit, dass man das, was man gerade nicht verstand, verstehen konnte, wenn man es später Schritt für Schritt nachzuvollziehen versuchte und damit in einem Raum landete, in dem es keinen irrlichternden Umgang mit der Wahrheit gab. Denn das Prinzip war klar, Satz, Beweis, Satz, Beweis, oder es bedurfte gar keines Beweises, weil etwas trivial war, und das wurde dann genauso auch hingeschrieben: »Trivial!«, mit triumphierend knallenden Kreideanschlägen an der Tafel.

Wenn ich eine Zeitlang glaubte, mit dem Satz, Mathematik sei die Sprache Gottes, der dem Mathematiker Leopold Kronecker zugeschrieben wird, sei alles gesagt, dann hatte das mit dieser Schönheit zu tun. Ich stellte mir nicht die Frage, was genau damit gemeint sein sollte, große Sprüche tendierten nun einmal dazu, inhaltsleer zu sein, aber ich wusste, dass ich das Richtige studierte, sofern ich etwas von der Welt verstehen wollte. Denn selbst wenn das mit der Sprache Gottes nicht viel Sinn ergab, weil es dafür eines Existenzbeweises bedurft hätte, der nicht zu erbringen war, konnte man in der Mathematik doch eine Grammatik der Wirklichkeit sehen, was am Ende womöglich auf das gleiche hinauslief oder wieder nur ein Spruch war.

Es hat in den Künsten und in der Literatur immer einerseits eine Vernachlässigung der Naturwissenschaften und der Mathematik gegeben, wenn nicht eine regelrechte Verachtung für sie, andererseits aber auch eine Ahnung oder mehr als nur eine Ahnung davon, ein halb verborgenes und unbehagliches Wissen, dass es nicht schaden würde oder dass es vielleicht sogar eine Bedingung sein könnte, etwas davon zu verstehen, wenn es einem ernst wäre mit der Erkenntnis, die Kunst ja auch sein könnte. Ich kann nicht sagen, wo die Diskussion im Augenblick steht, es gibt wahrscheinlich keine, und der großartige künstlerische Gestus neigt ohnehin dazu, über Detailfragen selbstherrlich hinwegzugehen oder sie an den Maschinenraum zu delegieren, wo allerdings auch alle glauben, Besseres zu tun zu haben. Sich um die Naturwissenschaften und um die Mathematik zu kümmern bedeutet Arbeit, und dieser Arbeit wollen sich nicht viele unterziehen und definieren lieber zwei unterschiedliche Zuständigkeitsbereiche herbei, hier, um den falschen Gegensatz noch einmal auszuweisen, das Rationale, dort das vielleicht nicht gerade Irrationale, aber doch etwas, das dem Rationalen überlegen ist, mit einem deutlichen Hang zu diesem, während jenes verdächtig erscheint, und der für sich schon irrationalen Hoffnung, dass darüber dann doch wieder das Göttliche ins Spiel kommt.

Mathematiker sind aus einer solchen Sicht am aufregendsten, wenn sie nach den Sternen greifen und sich Anekdoten über sie erzählen lassen, dass sie sich daran die Finger verbrannt hätten oder dass sie angeblich sogar verrückt geworden seien. Für alle Nichtmathematiker müsste deshalb der Lieblingsverrückte unter den Mathematikern der von depressiven Anfällen geplagte Georg Cantor sein mit seiner Entdeckung, dass sich in jeder Unendlichkeit Myriaden von weiteren Unendlichkeiten verbergen. Denn die Mär will, dass sein Hirn darauf mit immer neuen Krankheitsschüben reagierte und er die Vorstöße in seine einfachem Verstehen sich entziehenden Räume mit postwendend sich einstellenden Zusammenbrüchen bezahlte.

Das Pendel in den Künsten und in der Literatur schlägt einmal zur einen, einmal zur anderen Seite aus. Wenn mich nicht alles täuscht, erleben wir gerade eine Zeit, in der die Erwartungen an das Zukünftige im Roman nicht mehr an die Form gebunden sind, sondern an Fragen des Inhalts, an die Wahl des Erzählers, der Erzählerin, ja, an den Autor, an die Autorin, an deren Identität und an eine bestimmte Haltung, die mit der richtigen Wahl zum Ausdruck kommt. Die Kämpfe, die da ge-

genwärtig geführt werden, stehen in ihrer Notwendigkeit außer Zweifel, bis auch nur annähernd Perspektivengleichheit hergestellt ist, aber daneben müssen sich die Identitätspolitikeuphoriker unter den Verfechtern des Neuen auch sagen lassen, dass die Wahrnehmung des »Anderen« als ganz und gar anders an Grenzen stößt, wo sie in ihrem Wunsch nach Sichtbarkeit den Blick auf die Gleichheit oder zumindest die ersehnte Gleichheit verstellt, was Rechte und Möglichkeiten anbelangt.

Auf jeden Fall ist die Literatur im Augenblick von einer Vielfältigkeit wie noch nie. Es kommen Stimmen zu Gehör, die vor noch gar nicht so langer Zeit nicht zu Gehör gekommen oder geflissentlich überhört worden sind, und ein Leser, eine Leserin kann auch in deutscher Sprache längst nicht mehr davon ausgehen, dass mit einem Ich in einem Roman schon mit großer Wahrscheinlichkeit sagen wir der ewig gleiche behördliche Status dieses Ichs festgelegt ist, die erwartbare Klasse, die erwartbare Hautfarbe, das erwartbare Geschlecht. Jeder und jede hat einen Roman in sich, und von oben herab zu scherzen, solange er oder sie ihn nicht schreibe, sei ja alles gut, ist nicht einmal mehr ein schlechter Witz. Denn natürlich schreibt er seinen Roman, natürlich schreibt sie ihren, und es gibt nichts daran zu beklagen, im Gegenteil, höchstens die Feststellung zu machen, dass damit ein Motto wie »Niemand ist eine Insel« nicht einmal mehr als frommer Wunsch taugt, weil in Wirklichkeit jeder eine ist und das Meer dazwischen immer größer wird.

Es kann gar nicht zu viele Geschichten geben, und dennoch vermag ich ein bleibendes Unbehagen an Geschichten, die nur Geschichten sind, nicht ganz zu leugnen. Sie können durch das Leben oder vielleicht noch besser durch den Tod der Autorin beglaubigt sein, aber sie berühren mich nicht, wenn in ihnen das Entscheidende fehlt. Die Gründe sind meistens schnell gefunden, doch ich wage kaum daran zu erinnern, dass der Roman mehr ist als die Geschichte, die er erzählt, und komme mir wie ein übler Spielverderber vor, der nicht begreifen will, dass es Wichtigeres gibt, wenn ich von Formvergessenheit spreche.

Das Problem beginnt und endet damit, dass das Publikum, wenigstens der Teil, der die großen Zahlen im Verkauf ausmacht, gefräßig auf sein Lesefutter wartet und sich vom Roman das wünscht, was er nicht ist, nämlich Wahrheit und auf eine eher kunsthandwerkliche Weise dann vermeintlich auch Kunst. Denn in Wirklichkeit ist er ein schillerndes Zwitterwesen, das mit diesen Begriffen, wenn sie als Prämissen gesetzt werden, überfordert ist. Die Kunst kann ihm gestohlen bleiben, zumal in ihrer parfümierten Variante, die den Anspruch immer vor sich hertragen muss, und wenn er ganz bei sich ist, verteidigt er einen »Bereich, in dem das moralische Urteil aufgehoben ist«, wie es bei Milan Kundera heißt, um durch Handwerk und Form genau dorthin zu gelangen, wo ihn die Leserschaft von vornherein gern gehabt hätte. Er ist am ehesten dann Kunst und Moral, also Wahrheit, wenn er sich um beides nicht oder nicht zu sehr kümmert oder wenigstens davon ausgeht, dass weder das eine noch das andere auf direktem Weg zu erlangen ist.

»Autofiktion« scheint das Schlagwort und das Programm der Stunde zu sein. Doch ist, was sich dahinter verbirgt, nichts wirklich Neues, sondern längst dagewesen und oft bloß an den Rändern aufgefrischt. Das Ich des Erzählers oder der Erzählerin ist in den interessantesten Versuchen nicht nur sehr nah entlang des Ichs des Autors oder der Autorin konstruiert wie bei Annie Ernaux, sondern nimmt zugleich seine beziehungsweise ihre Stimme zugunsten anderer Stimmen zurück, wie man es etwa bei Rachel Cusk oder Ben Lerner sehen kann, um zwei markante Beispiele zu nennen. Aus der verbleibenden und auch nicht verwischten, sondern absichtlich aufrechterhaltenen Differenz zwischen Ich und »Ich« ergibt sich einmal eine Authentizitäts-, das andere Mal eine Fiktionalitätsbehauptung, tatsächlich oft beides beinahe gleichzeitig, und erzeugt so für die Literatur einen Raum des Dazwischen, wie es auf ihre Art auch schon Autoren wie Jorge Luis Borges, Danilo Kiš oder W. G. Sebald vorexerziert haben.

In Ben Lerners Roman *10:04* ist das in zwei programmatischen Formulierungen festgehalten. »*Everything will be as it is now, just a little different*«, lautet die erste. Das ist ein Satz, mit dem die Chassidim die kommende Welt beschreiben, und er beschreibt eine Art der Fiktion und ihre enge Anbindung an die Wirklichkeit, vielleicht sogar ihre Verantwortung ihr gegenüber, »*on the very edge of fiction*«, wie die andere Formulierung lautet. Im Buch abgebildet sind zwei identische oder als identisch erscheinende Bilder, die einen Mann zeigen, der über die Brooklyn Bridge in New York geht, das eine unterschrieben mit »*Our world*«, das andere mit »*The world to come*«, und man kann ewig davorsitzen wie vor den Fehlersuchbildern in Kinderbüchern und versuchen, den Fehler zu entdecken, um herauszufinden, wo das programmatische »*just a little different*« steckt.

Die Bilder sind natürlich begrenzt, und wenn man auf keinen Fehler kommt, muss man annehmen, dass er vielleicht nur darin besteht, dass zwischen den beiden Bildern Zeit vergangen ist und dass die Zeit beziehungsweise das Vergehen der

Zeit der Fehler ist oder dass der Fehler irgendwo außerhalb des Rahmens liegt. Auch hat man damit schon eine ebenso elegante wie zielführende Methode gefunden, wie man aus der wirklichen Welt in eine mögliche oder aus einer möglichen in eine andere mögliche gelangt. Man vergrößert einfach so lange den Rahmen der beiden Bilder, bis einem ein Fehler oder vielmehr eine Abweichung oder noch besser eine Neuerung auffällt und man so den Effekt des »*just a little different*« erhält, Bilder, die in unendlich vielen größeren Bildern stecken, eine mögliche Welt in unendlich vielen anderen möglichen Welten.

Man darf sich nur nicht zu sehr mit der Wahrheit verbünden, denn mit der Wahrheit ist es so eine Sache. Wenn man sich ihrer nur sicher sein und wenn man sich nur sicher sein könnte, dass ein Festhalten an dem Begriff einen im Roman auch nur einen Schritt weiterbringt und man nicht eher fürchten muss, dass genau das Gegenteil eintritt. Es ist langweilig, das zu wiederholen, aber Glaubwürdigkeit stellt man nicht her durch ihre Behauptung, Glaubwürdigkeit erzeugt man durch handwerkliches Geschick, oder wie Gottfried Benn es viel besser gesagt hat: »Stil ist der Wahrheit überlegen, er trägt in sich den Beweis der Existenz.«

»Die Wahrheit, die ganze Wahrheit und nichts als die Wahrheit‹ – dies wäre also eine verkehrte und lähmende Politik für jeden Welterzeuger«, schreibt Nelson Goodman in seinem Buch *Weisen der Welterzeugung*. »Die ganze Wahrheit wäre zu viel; sie ist zu umfangreich, zu veränderlich und zu sehr durch Triviales belastet. Nichts als die Wahrheit wäre zu wenig, denn einige richtige Versionen sind nicht wahr … und selbst bei wahren Versionen kann Richtigkeit wichtiger sein.«

ZWEITER TEIL

Niemand will für dumm verkauft werden, also muss man sich immer wieder und immer neu etwas einfallen lassen, wenn man lügt, selbst wenn man dieses »Lügen« der Fiktion für ein »Die-Wahrheit-Sagen« hält, nur die Beteuerung »Ich sage die Wahrheit« reicht einfach nicht. Denn ein Ich-Erzähler, der in einem Roman vor seine Leser hintritt und das sagt, ist einer, dem man misstrauen sollte, weil nur er selbst wissen kann, ob es stimmt, und in einem engeren Sinn nicht einmal er, ja, für den Roman ist vielleicht sogar ein Erzähler fruchtbarer, der diese Behauptung aufstellt und dann vom ersten bis zum letzten Satz lügt. Das hat etwa der mexikanische Autor Jorge Ibargüengoitia in seinem Roman *Augustblitze* in wunderbarer Weise vorgeführt, indem er seinen Protagonisten den angeblichen Lügen widersprechen lässt, die über ihn verbreitet werden, während man als Leser mit jedem Dementi von ihm nur um so gewisser weiß, dass alles, was an Schlechtem über ihn in der Welt ist, tatsächlich auch stimmt.

In der Wirklichkeit ist die Notlüge ein anerkanntes Mittel, sich aus einer Situation herauszureden, die ohne diese Lüge für alle Beteiligten nur komplizierter, beschämender oder vielleicht sogar untragbar wäre, doch ohne Not zu lügen gilt mit Recht als verwerflich. Den entsprechenden Begriff einer »Notwahrheit« gibt es nicht, aber nimmt man die Wahrheit als gewünschten Regelfall für die Wirklichkeit, kann die ohne Not gesagte Wahrheit dennoch penetrant sein, und umgekehrt lässt sich für den Roman, der ja der Lüge näher steht als der Wahrheit, immerhin die Frage stellen, in welchem Verhältnis er sich zur ohne Not gesagten Wahrheit befindet und ob für ihn das Problem nicht womöglich schon im Anspruch liegt, die Wahrheit zu sagen.

... UND EXISTIERE ODER EXISTIERE NICHT ...

Das ist jedenfalls der Grund, warum ich Knausgård nicht gelesen habe, wegen seines unmäßigen Wahrheitsanspruchs und des damit einhergehenden auftrumpfenden Selbstentblößungsgestus. Denn wenn man eines mit Sicherheit sagen kann, jenseits von allem Scheitern oder Gelingen auf einer anderen Ebene als der gewünschten, dann wenigstens so viel, dass Knausgård ein großer und begnadeter Lügner sein muss, weil keine menschliche Erinnerung so funktioniert, wie er vorgibt. Der Versuch, zu schreiben, was gewesen ist, ist dem, zu schreiben, was gewesen sein könnte, immer unterlegen, und es ist kein Wunder, dass Knausgård eine Beglaubigung für sein Programm nicht in der Literatur, wo es nur schwer zu finden wäre, sondern außerhalb der Literatur sucht, wenn er sich selbst auf die Tränen beruft, die er beim Schreiben einer Passage angeblich vergossen hat und die gar nicht so anders sind als die Tränen, die auch Sechzehnjährige nach ihren ersten selbst verfassten Gedichten vergießen.

Die Leiden des jungen Werther wäre indes nicht glaubwürdiger, wenn Goethe nach dem Schreiben einen Selbstmordversuch unternommen hätte, es reicht die Welle von Nachahmungstaten, die das Buch nach Erscheinen ausgelöst hat, und der Einsatz von Körpersäften hat schnell etwas Erpresserisches. Das gilt für Knausgårds Tränen, was im übrigen ein phantastischer Romantitel wäre, das gilt jedoch genauso für das in Klagenfurt vergossene Blut von Rainald Goetz, der sich dort beim Wettlesen um den Ingeborg-Bachmann-Preis die Stirn geritzt hat, um genau das zu beweisen, was nicht zu beweisen ist auf der ewigen Möbiusschleife der Literatur, und der allein schon wegen seines vergeblichen Gestus der Dissidenz natürlich seine begeisterten Jünger gefunden hat. Nimmt man Yukio Mishima mit seinem Harakiri oder Seppuku einmal aus, ist man bei aller Sympathie für den romantisch revolutionären Geist schon froh, dass sich noch keiner selbst das Schwert in die Seite gestoßen hat, um damit deutlich zu machen, dass er der Messias ist. Dafür gäbe es ein halbes Dutzend Kandidaten allein unter den Lebenden, um von den Toten erst gar nicht zu reden, und man kann nur erleichtert aufatmen, dass die wahren Asphaltcowboys der Literatur nie auf die Idee gekommen sind, mit Sperma um sich zu spritzen oder ihre derben Flüche mit Spucke zu würzen, um unter Beweis zu stellen, dass ihr elendes Machogehabe nicht nur Pose, sondern echt ist.

Vielleicht bringt mich die Wahrheit der Körperflüssigkeiten und insbesondere die Wahrheit der Tränen deshalb so auf, weil ich vor wenigen Jahren ausgerechnet in der Synagoge von Novi Sad meine eigene Geschichte mit den Tränen hatte, die nicht lügen, wie es schon im Schlager heißt. Ich hatte dort einen Text vorgelesen, in dem es um die Praxis vieler Theater in Deutschland geht, unmittelbar nach dem Höhepunkt der sogenannten Flüchtlingskrise Stücke auf ihr Programm zu setzen, in denen Flüchtlinge Flüchtlinge spielten. Meine Bedenken dagegen waren gewesen, dass bei aller wohlmeinenden Intention die Grenze zwischen Wirklichkeit und Kunst nicht so einfach einmal in die eine Richtung, einmal in die andere Richtung überquert werden könne, weil der letzte Akt fehle und das wirkliche Stück in diesem Austauschgeschäft zwischen Realität und Fiktion erst beginne, wenn das Stück auf der Bühne zu Ende gespielt sei und wenn ein Flüchtling, der eben noch ein gespielter Flüchtling war, wieder ins Leben hinausgehe und von einem Augenblick auf den anderen zum Gotterbarmen echt sei. Der nur naheliegende Schluss war, dass die Zuschauer sich deshalb manchmal allzu billig am Leid der anderen ihr Herz erwärmen und ihr Hirn erhitzen, und genau das hatte ich geschrieben.

Vorgelesen hatte ich den Text in Novi Sad, weil ich dachte, dass er in seiner Argumentation dem Denken des großen jugoslawischen Autors Danilo Kiš verpflichtet war, und weil ich Novi Sad immer schon als erstes mit ihm in Verbindung gebracht habe. Denn nicht nur, dass er sich in exemplarischer Weise mit den beiden verheerenden Totalitarismen des vergangenen Jahrhunderts auseinandergesetzt hat, nicht nur, dass sein ganzes Werk ein bestechender Beleg dafür ist, dass im Roman Moral aus der Form entsteht und dass die Form eines Romans zu verteidigen bedeutet, seine Moral zu verteidigen, nicht nur, dass er mit am bezwingendsten gezeigt hat, was für ein Bastard der Roman in seinem höchsten Gelingen ist, »*very hard on the edge of the facts*«, um Ben Lerners Wort zu variieren, Novi Sad war zudem der Ort, an dem ein zentrales Ereignis im Leben von Danilo Kiš stattgefunden hatte, zentral dann auch für sein Schreiben. Denn dort wurde von den deutschen Besatzern am 22. und 23. Januar 1942 unter der einheimischen Bevölkerung ein grauenhaftes Massaker angerichtet, mit weit über achthundert exekutierten Menschen, vor allem Juden, ein Verbrechen, dem sein Vater nur gerade noch entging.

Hauptschauplatz für dieses Morden war das Donauufer, wo die Todgeweihten in Viererreihen Aufstellung nehmen, sich in der Winterkälte nackt ausziehen mussten und erschossen wurden. Danilo Kišs Vater, der später nach Auschwitz deportiert wurde, war unter ihnen. Er überlebte dieses Mal nur, weil die auf dem Eis der Donau eigens aufgehackten Löcher von den hineingeschobenen Leichen verstopft waren und die Mörder nicht mehr wussten, wohin mit den Toten, und weil dann der Befehl zum Aufhören kam.

Das und nicht weniger, meine lange Liebe zu Danilo Kiš und diese entsetzliche Geschichte, bildete den Hintergrund, wenn ich in der Synagoge von Novi Sad etwas vorlas, und entsprechend war meine Aufregung, entsprechend auch meine Anspannung, als ich mit dem Lesen fertig war und in das Auditorium blickte, bis sich in einer der mittleren Reihen ein Mann erhob. Von dem, was er sagte, verstand ich kaum ein Wort, weil im Augenblick, als er zu sprechen anfing, die Mikrofonanlage ausfiel, aber ich bekam immerhin mit, dass er das Gelesene kritisierte und, um es zu kritisieren, anscheinend eine ganze Reihe ohne Not gesagter Wahrheiten sagte, die mich ins Unrecht setzten, nicht weil ich gegen sie gewesen wäre, sondern weil er gegen mich und die von mir gewählte Form war und das Recht auf seiner Seite wähnte. Ob er das Wort »Moral« in den Mund nahm, kann ich nicht sagen, aber ich wusste, dass es um Moral ging, und je länger er sich ausbreitete, um so mehr rasterte mein Hirn meinen eigenen Text ab in der Furcht, irgend etwas übersehen oder falsch eingeschätzt zu haben und im nachhinein vielleicht doch auf eine Stelle zu stoßen, die ich mir vorwerfen müsste. Nicht, dass etwas von mir Geschriebenes nicht in Frage gestellt werden konnte, aber in dem Monolog, der da gegen mich vorgetragen wurde und den ich gleichzeitig nicht hörte, schien mir etwas so Fundamentales durchzukommen, dass ich am liebsten im Erdboden versunken wäre.

Ich saß in der Synagoge von Novi Sad und dachte, wenn der Mann recht hatte, mich so zu maßregeln, wie er mich allem Anschein nach maßregelte, dann wäre ich ausgerechnet an diesem Ort als Unmensch überführt und könnte in Zukunft kein einziges Wort mehr schreiben. Als er zu Ende gesprochen hatte, war ich so benommen, dass ich nur gerade noch zustande brachte, ihm zu sagen, dass ich glaubte, ihn verstanden zu haben, obwohl ich ihn nicht verstanden hatte. Denn schon gab es wieder Schwierigkeiten mit dem Mikrofon, und die Veranstalter drängten, dass die Zeit längst überschritten sei.

Es war im Rahmen eines Symposiums und er ein deutscher Professor, und als ich ihn später im Hotel darauf ansprach, verstand ich, immer noch wie benebelt von dem Erlebnis, wieder nicht viel, nur dass er mir offenbar zu erklären versuchte, dass er selbst solche Stücke gesehen habe, in denen Flüchtlinge Flüchtlinge spielten, und dabei die Erfahrung gemacht habe, dass die Leute im Publikum weinten. Ich hätte sagen sollen, dass mein Text genau davon handelte, von dem Problematischen und allzu Wohlfeilen dieses Weinens, das nur dazu diente, die Flüchtlinge auf ewig in ihrer Rolle festzuhalten, aber ich tat es nicht, ich hätte sagen sollen: »Wenn es nur das ist!«, aber ich war wieder das Hotelkind, als das ich aufgewachsen war und das jede Demütigung mit Freundlichkeit kompensierte, ich hätte sagen sollen: »Doch mit den Clowns kamen die Tränen«, um mich damit vor ihm endgültig als nicht satisfaktionsfähig zu disqualifizieren, weil das der Titel eines Romans war, der nicht zur Hochliteratur zählte. Stattdessen brachte ich kein Wort hervor und lächelte alles weg, wie ich immer alles wegzulächeln gelernt hatte, wenn mir jemand die Welt erklärte und dabei zu verstehen gab, dass ich keinen Platz in ihr hatte.

Ich war in der Synagoge von Novi Sad gesessen und hatte gedacht, womöglich genau den Schritt zu weit gegangen zu sein, den ich nie und nimmer zu weit gehen wollte, weil ich etwas verbrochen hatte, das den Ort entweihte, und jetzt kam mir dieser Professor, der wahrscheinlich nie etwas falsch gemacht hatte, mit den Tränen der Deutschen, die auch die Tränen der Österreicher waren. Natürlich hatten sie wie alle anderen das Recht, gerührt von was auch immer zu sein und ihre Theater und Vereinslokale und auch sonst alles vollzuweinen, was sie vollweinen wollten, meinetwegen ganze Mehrzweckhallen, solange sie nicht auch die Synagogen zu ihren moralischen Selbstreinigungs- und Absolutionsanstalten machten. Vielleicht war es ein Defekt von mir, aber ich mochte nicht davon abgehen, dass ich es eher für einen Teil des Problems hielt als für einen Teil der Lösung, und musste mich plötzlich zurückhalten, den nach wie vor auf mich einredenden Professor nicht am Revers zu packen und kräftig zu rütteln.

Ich weiß, dass ich mir damit den Vorwurf der Gefühllosigkeit einhandle, aber in seiner Gefühligkeit ist das Sentimentale der Gefühllosigkeit immer näher als der Verstand. Auch behaupte ich nicht, dass ich unbedingt recht habe, ja, womöglich liegt das Missverständnis nur an meiner Unfähigkeit, solchen Kompromissen stattzugeben. Vielleicht wäre ich selbst gern imstande, aus meinem Sommerurlaub in Kroatien in alle Himmelsrichtungen zu twittern, ich würde keine faschistischen Lieder singen, wie es ein deutscher Autor getan hat, oder wie eine deutsche Autorin in die Welt zu setzen, ich hätte von Obama geträumt und davon, wie wir uns gegenseitig Mut machende Worte zusprechen, vielleicht fehlt mir nur die nötige Zivilcourage, um an den Massenmörder Anders Breivik einen fiktiven Brief zu schreiben, wie es einer anderen deutschen Autorin eingefallen ist zu tun, und ihm im wesentlichen zu sagen, wie gut sie selbst sei und wie gut das Umfeld, in dem sie aufgewachsen ist, aber die Wahrheit ist, dass mich neben meinem Unvermögen immer eine tiefe Scham packt, wenn ich auf so etwas stoße, die Lichtenberg'sche Mitscham.

Das hat mit einer missbräuchlichen Verwendung des von mir als selbstverständlich Angenommenen zu tun, und ich würde diesen sicher vorbildlichen Leuten am liebsten den Bannfluch der Mathematiker entgegenschleudern und ihnen ins Gesicht schreien: »Trivial!«, aber damit ist es nicht getan. Denn ich sehe sie dann immer gleich in einer großen Menschengruppe, aber nur über ihren Köpfen wabert diese Sprechblase: »Ich bin kein Faschist«, und alle anderen, von denen die meisten wahrscheinlich auch keine sind, stehen augenblicklich unter Zugzwang oder setzen sich dem Verdacht aus, Faschisten zu sein, wenn sie nicht auch sofort in den Chor einstimmen. Das Triviale und Tautologische dieser ohne Not gesagten Wahrheiten hat so etwas vielleicht ungewollt, vielleicht aber auch gewollt Aggressives, und es liegt auf der Hand, dass für die Welt damit wenig gewonnen ist und nichts bleibt als die narzisstische Befriedigung der ursprünglichen Sprecher und ihrer Follower, die sie in ihrer Blase auf Teufel komm raus umarmen und herzen und liken, wobei »Blase« noch eine freundliche Formulierung ist und es sich in Wirklichkeit, je nachdem, um eine Herde oder Horde handelt.

Ich habe keinen Zweifel, dass manche das anders sehen und der festen Überzeugung sind, man könne gewisse Dinge nicht oft genug aussprechen, aber mitunter denke ich, zwei oder vielleicht auch vier verpflichtende Semester Mathematik und Logik für alle Lautsprecher in den Medien würden schon reichen, um das Gespräch zu verbessern. Dann wäre die Unterscheidung deutlicher, wann eine Aussage für einen einzelnen gilt, für mehr als nur einen oder für alle, und es würde vielleicht seltener, ob böswillig oder nicht, der Fehler gemacht, aus einer Aussage für einen auf alle zu schließen, Grundkatastrophe jeder Diskriminierung, und das Ressentiment würde nicht einmal die niedrigsten argumentativen Hürden schaffen, weil man seine Bodenlosigkeit ein für alle Mal begriffe. Dann gäbe es keine Unsicherheit darüber, was ein Widerspruch ist, eine Aussage, die in allen möglichen Welten falsch ist und den Sprecher diskreditiert, wenn er sich ihrer mit Wahrheitsanspruch bedient. Dann würden auch Tautologien als das erkannt, was sie häufig sind, ohne Not gesagte Wahrheiten, die das Gespräch nicht befördern, sondern im Gegenteil eher behindern und deswegen in der Regel genauso verpönt sein sollten und nicht die Lieblingssprechfigur vieler Akteure im öffentlichen Raum, weil sie damit kein Risiko eingehen und auf das Nicken ihrer Schafe setzen können, weil wahr ist, was wahr ist, was wahr ist. Dann wäre aber auch die Wahrheit nicht etwas Endgültiges, sondern nur eine vorläufige Wahrheit, die jederzeit durch eine neue, bessere Wahrheit ersetzt werden kann, wenn die alte durch neue Erkenntnisse falsifiziert wird.

Meine Sehnsucht nach der Mathematik bleibt groß, und ich erinnere mich mit Wehmut an meinen schleppenden Abschied aus dem Fach. Der begann schon nach den ersten vier Semestern meines Studiums in Innsbruck, wahrscheinlich weil ich zu schnell losgaloppiert war und mich mit hochtrabenden Ambitionen halb zu Tode gehetzt hatte, und erfuhr eine rapide Beschleunigung, als ich nach vier weiteren Semestern mit einem zweijährigen Dissertationsstipendium nach Grenoble ging und dort nur vier Tage blieb. Ich kann bis heute nicht genau sagen, wie ich zu der Entscheidung kam, den Aufenthalt nach nicht einmal einer Woche abzubrechen, aber ich weiß noch, wie ich an dem Tag in dem Studentenheim, in dem ich ein Zimmer gefunden hatte, ans Fenster trat und auf die Fassade des gegenüberliegenden Gebäudes sah, in dem auch Studenten untergebracht waren, ein kahler, ganz und gar deprimierender, vier- oder fünfstöckiger Zweckbau, der wie eine Barriere vor der Welt stand. Im dritten Stock lehnte ein junger Mann in seinem Fenster, wie ich in meinem lehnte, das einzige lebende Wesen in den Reihen und Reihen von spiegelnden Scheiben, und winkte, als er meinen Blick auffing, und ich winkte zurück und schnappte mir in derselben Sekunde die Frage auf, die ich dann nicht mehr loswurde, gefolgt von einem unruhigen Zweifel, was er da eigentlich tat und was also ich da eigentlich zu tun vorhatte. Jedenfalls wurde ich plötzlich von einer solchen Verlorenheit erfasst, dass ich noch am selben Nachmittag meine Sachen packte und nach Hause fuhr und im Grunde schon wusste, dass es mit mir und meinen Träumen, ein großer Mathematiker zu werden, damit wohl endgültig vorbei war.

Zwei Jahre später saß ich mit einem anderen Stipendium in Kalifornien, schrieb an meinem ersten Buch und wäre unter den Mathematikern, unter denen ich mich immer noch bewegte, nicht einmal mehr als Hochstapler durchgegangen, wenn sie mir nur auf den Zahn gefühlt hätten. Zwar ging ich noch zu Lehrveranstaltungen, aber ich konnte es nicht erwarten, mich am Nachmittag an die Schreibmaschine zu setzen, die ich von zu Hause mitgebracht hatte, und mit der Geschichte fortzufahren, die ich an einem der ersten Tage meines Aufenthalts begonnen hatte, und tippte jeden Satz mit dem Gefühl, ein Betrüger zu sein, weil ich mich davongestohlen hatte und, statt auf dem Königsweg der Mathematik zu bleiben, jetzt in der Literatur dilettierte. Ich besuchte Seminare, in denen Computern das Sprechen beigebracht wurde, und sah in deren noch sehr fehlerhaftem »Verstehen« von Mal zu Mal bestätigt, wie unsicher der Zugriff auf die Welt mittels Sprache ist, was mich für immer von der Phantasie befreite, ich könnte jemals sicher sein.

Die Wahrheit war für die Maschinen nicht einfach zu haben, sondern nur dadurch, dass sie eine Vielzahl von anderen Möglichkeiten, die auch wahr sein könnten, in Betracht zogen und verwarfen, und sie machten Fortschritte, indem sie auf weitere Möglichkeiten der Wahrheit hingewiesen wurden, die sie nicht »bedacht« hatten und in Zukunft »bedenken« sollten. Sie waren wie autistische Kinder, denen man die Welt in tausend Einzelfälle zerlegen und dann sorgsam wieder zusammensetzen musste, um ihnen zu erklären, wie sie funktionierte. Der Schluss, dass wir von ihnen lernen könnten, ist verführerisch, aber ich ziehe ihn nicht, weil wir nur das von ihnen lernen können, was wir ihnen vorher beigebracht haben. Dass es vornehmlich Mathematiker sind oder jedenfalls Leute, denen logisches Denken nicht fremd ist, die ihnen die Dinge beibringen, scheint dann noch das Beste, was man sagen kann, weil man damit die Sicherheit hat, dass wenigstens die Maschinen rationale Entscheidungen treffen und einen weniger verworrenen Umgang mit der Wahrheit pflegen als die meisten von uns Menschen.

Selbst inzwischen leider weit weg von aller Mathematik, untrainiert wie ein Zehntausendmeterläufer, dem nach zweihundert Metern die Luft ausgeht, bin ich wieder zu dem Schwärmer geworden, der ich als Schüler in Tirol war, als ich unbedingt nach Göttingen wollte. Ich stelle den Nachbarskindern Rechenaufgaben, in denen ein Mädchen in der einen Hand einen vier Kilo schweren, in der anderen einen drei Kilo schweren Eimer trägt, und auf meine Frage »Wie alt ist das Mädchen?« wissen sie, dass sie mit den Angaben eine Operation ausführen müssen, addieren in der Regel vier plus drei und antworten richtig: »Das Mädchen ist sieben Jahre alt.« Es ist jetzt vielleicht nicht mehr Gauß, den ich vor Augen habe, aber ich erinnere mich an meinen Professor in Stanford und mit welcher Souveränität er seine Seminare dirigierte, hier ein paar Stichworte, dort ein paar, mehr nicht, aber immer die entscheidenden, wenn etwas stockte. Ich hatte ihm von Innsbruck aus ein paar Zeilen zu einem seiner Bücher geschrieben und dass ich gern zu ihm nach Kalifornien kommen würde, und in seiner Antwort war gleich von Zusammenarbeit die Rede gewesen, etwas, das ich nie einlösen konnte. Er war zu der Zeit einer der führenden Logiker auf der Welt, und ich hätte gern gewusst, wie es war, mit seinem Hirn und seinen Augen auf die Dinge zu blicken, während ich meiner neuen Nachmittagsbeschäftigung an der Schreibmaschine nachging und dabei zu berücksichtigen versuchte, was ich von ihm lernte und was darin zum Ausdruck kam, dass ich am liebsten jeden Satz in langen Oder-Sequenzen hätte auslaufen lassen, um der Wirklichkeit gerecht zu werden.

Das ist ein Verfahren, das man auch in Ben Lerners Roman *Leaving the Atocha Station* finden kann. In ihm gerät ein nur mäßig Spanisch sprechender amerikanischer Dichter in Madrid immer wieder in Gesprächssituationen, in denen er nicht alles oder nicht viel versteht. Er hilft sich aus der Patsche, indem er mutmaßt, sein Gegenüber könnte das oder das oder das oder etwas ganz anderes gemeint haben, und stellt Reflexionen darüber an, dass Falsch-Verstehen oder Nicht-Verstehen im poetischen Prozess mindestens gleich wichtig ist wie Verstehen. Ben Lerners erster Gedichtband trägt den Titel *The Lichtenberg Figures*, und diese Lichtenbergfiguren, baum- oder sternförmige Muster als Resultat elektrischer Hochspannungsentladungen, sind eine Metapher für das, was beim Schreiben im schönsten Fall geschieht, eine Metapher für die Hirnströme, eine Metapher für das heftige Blitzen und Funken, das sich dann in Sätzen niederschlägt.

Ich folgte meinem Professor manchmal auf dem Campus und sah ihm zu, wie er in einem Wiesenstück seine mitgebrachten Pausenbrote verspeiste, ein durch und durch asketisch wirkender Zweimetermann, der danach, auf seine Ellbogen gestützt, mit geschlossenen Augen in der Sonne saß. Es gab damals noch kein Internet und schon gar kein WLAN, aber von ihm hatte ich, noch bevor zu Hause überhaupt jemand wusste, was eine E-Mail ist, meine allererste Nachricht auf dem Bildschirm meines Computers bekommen, und was mich antrieb, war die kindische Vorstellung, ich könnte mich durch die räumliche Nähe mit seinem Denken verlinken. Er stand für die Rationalität, die ich bewunderte, und als ich viel später erfuhr, dass er in seinem letzten Lebensjahr, an einer schweren Krankheit leidend, angeblich selbst Gedichte geschrieben hatte, war das zuerst ein Schock für mich, dann aber eine Absolution und gleichzeitig wenn schon kein Argument für die Literatur, so doch ein Hinweis darauf, dass sie ein Weg sein könnte, wenn alle anderen Wege versperrt scheinen.

DER ERSTE SATZ

> Man sieht, daß der Weg von dem Punkt,
> wo man nicht sagt, was man denkt,
> bis zu dem anderen, wo man sagt, was man nicht denkt,
> nicht so weit ist ...
> HANS BLUMENBERG, »DIE NACKTE WAHRHEIT«

Lange habe ich überlegt, ob ich nicht mit einem selbst verfassten Verriss meines neuen, dieser Tage erscheinenden Romans *Der zweite Jakob* beginnen soll. Das hätte etwas Selbstgefälliges gehabt, gewiss, und die Strategie wäre auch schnell durchschaut gewesen, Immunisierung durch Vorwegnahme, Scheinimmunisierung, die übliche Möchtegernvergrößerung durch vorgebliche Verkleinerung. Dabei hätte ich natürlich handwerkliche Schwächen aufgedeckt, die ich aber lieber nicht ausplaudere, weil sie mir dann zeit meines Lebens von Leuten vorgeworfen und nachgetragen werden würden, die sich sonst nie Gedanken darüber gemacht hätten, aber natürlich dankbar wären für alles, was sie in die Hand bekämen, um es gegen mich in Stellung zu bringen.

Ohne Zweifel hätte ich mir meine Dialoge näher angeschaut, weil ich mir immer zuerst die Dialoge anschaue, wenn ich in einer Buchhandlung ein Buch aufschlage und eine erste Idee von seiner Machart und Qualität zu gewinnen versuche und es mir meistens schon reicht, wenn ich über Seiten gehende Dialoge ohne Zwischentext sehe oder auf einen dieser

Schwerhörigendialoge stoße, wo ein Sprecher immer das gerade vorher Gesagte noch einmal aufnimmt und wortwörtlich nachfragt, als bekäme der Autor ein Zeilenhonorar. Ich hätte ein paar Worte zu meinen Sexszenen gesagt, weil es in meinem neuen Roman tatsächlich sogenannte Sexszenen gibt und weil auch Sexszenen, wenn sie denn vorkommen, in der Regel verräterisch sind, und bei allen möglichen Verirrungen und Verwirrungen immerhin feststellen können, dass ich wenigstens nirgendwo geschrieben hatte: »Er drang in sie ein«, oder: »Sie kam«, oder: »Sie schrie, als würde sie von einem Zug überfahren«, seit einiger Zeit mein nur schwer übertreffbares Lieblingszitat, wenn es zur Sache geht und es einer richtig krachen lässt und man in Folge am liebsten gleich zum Hörbuch greifen würde.

Dann hätte ich auf die Namen geachtet und darauf, ob eine Figur mit Vornamen oder Nachnamen oder mit Vornamen und Nachnamen eingeführt und ob das dann durchgehalten wird oder, wenn nicht, ob es einen Grund dafür gibt oder ob es nur reine Schludrigkeit ist, wenn ein Hans Maier einmal eher in seiner Hanshaftigkeit, dann wieder in seiner Maierhaftigkeit auftritt und man im schlimmsten Fall den Eindruck bekommt, man habe es mit zwei verschiedenen Figuren zu tun, nur weil der Autor schon in der Grundschule gelernt hat, Wortwiederholungen um alles in der Welt zu vermeiden, und das jetzt stringent auf seine Namen anwendet und einmal »Hans« schreibt, einmal »Maier« und man tagelang darüber nachdenken kann, warum so und warum nicht anders, und zu keinem Ende gelangt. Ich hätte über mein Grauen vor bestimmten Namen sprechen können und wie mir die auf jeder Seite hundertmal genannte Erika in Elfriede Jelineks *Die Klavierspielerin* und der ebenso auf jeder Seite hundertmal genannte Konrad in Martin Walsers *Ein springender Brunnen*, obwohl ich die Bücher schätze, in verschiedenen Lebensphasen jeweils fast eine Hirnarretierung verursacht hätten und ich seither laut anfange zu schreien, wenn mir jemand mit einer Erika oder einem Konrad kommt, und davon träume, die beiden Bücher in meinem Regal nebeneinanderzustellen, auf dass sie sich paaren und Pronomen gebären, ein erlösendes »er« vielleicht oder ein nicht weniger erlösendes »sie« oder meinetwegen auch ganz etwas anderes, Gendergerechtes, solange es nur keine Erika und kein Konrad ist.

Neben solchen Abneigungen hätte ich sicher auch Vorlieben preisgegeben, die nicht mehr nur Vorlieben waren, sondern Zwanghaftigkeiten. Da wäre etwa mein geradezu fatales Verhältnis zu Symmetrien und Zahlen, das mich zu nachträglichen Verwischungsarbeiten zwingt, damit die geometrischen und arithmetischen Spuren in meinem Schreiben unsichtbar werden und man am Ende nicht irgendwo eine vergessene Leiter oder das ganze nicht rechtzeitig abgebaute Gerüst in meiner Prosa herumstehen sieht. Zwar hätte das noch seinen Sinn, aber zu reden wäre dann auch von Unsinnigem gewesen, wie der abergläubisch streng eingehaltenen Regel, dass ein Absatz entweder aus einem oder aus drei oder mehr Sätzen bestehen könne, niemals jedoch aus zwei, vielleicht weil in der Zwei zuviel Harmonie steckt oder der Teufel oder vielleicht weil das sogar ein und dasselbe ist, was die beiden vorhergehenden Absätze, wenn man von Punkt zu Punkt rechnet, zu Absätzen macht, die es eigentlich gar nicht geben darf.

Zudem hätte ich Vorbilder nennen können, bei denen ich mich womöglich ein bisschen zu schamlos bediente, und ich wäre nach einem Schlenker hierhin und einem Schlenker dorthin am Ende wahrscheinlich bei meinen Erzählern gelandet und der Frage, wer dieses Ich von Fall zu Fall ist, das da aus seinem Leben Dinge erzählt, die man vielleicht nicht hören will oder gerade hören will, weil es Dinge sind, die man nicht einfach so von sich ausplaudert, und in welchem Verhältnis das Ich meiner Erzähler zu mir steht, dem Ich des Autors, das eine Freude daran hat, dass das jeweilige Erzähler-Ich sich vielleicht nur eben gerade nicht um Kopf und Kragen redet.

Stattdessen munitioniere ich mich lieber mit zwei Zitaten auf, die ich bei Hans Blumenberg entdeckt habe, in dem posthum publizierten Band *Die nackte Wahrheit*. Das eine findet sich in seinem Aufsatz über Nietzsche. Darin ist die Rede von dessen »Bedenken, ob psychologische Beobachtung … wirklich zu den Erleichterungsmitteln des Daseins, ja auch nur zum *reichsten* und *harmlosesten Stoff der Unterhaltung* gehören kann«, und es folgt der Schluss: »Abzuwägen ist dagegen das Recht des Widerwillens gegen die Zergliederung menschlicher Handlungen, das Recht auf *eine Art Schamhaftigkeit in Hinsicht auf die Nacktheit der Seele*.« Denn »mit der moralistischen und dann der philosophischen Hintergrundbefragung des Menschen« laufe man Gefahr, »*der Reihe nach den Menschen für seine Wirkungen, dann für seine Handlungen, dann für seine Motive und endlich für sein Wesen verantwortlich*« zu machen, wie es bei Nietzsche heißt.

Das zweite Zitat stammt aus Hans Blumenbergs Aufsatz über Lichtenberg, über den er schreibt, »er habe schon lange an einer *Geschichte meines Geistes so wohl als elenden Körpers* geschrieben, und das solle mit einer größeren Aufrichtigkeit geschehen, als vielleicht irgendeiner seiner Leser glauben werde«.

... UND EXISTIERE ODER EXISTIERE NICHT ...

»Worauf es Lichtenberg ankommt«, heißt es im weiteren, »ist nicht der Zweifel an dem Entsetzen, das er über sich selbst empfindet, sondern die Skepsis hinsichtlich der Übertragbarkeit auf den Leser.« Und dann: »Lichtenberg hält es nicht für wahrscheinlich ... daß es mit der Kenntnis, die ein jeder von sich selbst hat, nicht besser bestellt sein könnte als mit der, die er von anderen hat.«

Ich habe diese Zitate gewählt, weil sich für mich darin Aufschlussreiches und Bedenkenswertes für die Entscheidung bei der Wahl des Erzählers oder der Erzählerin findet, vielleicht die wichtigste Entscheidung, die man zu treffen hat, wenn man einen Roman beginnt. Das gilt zumindest für die Romane, bei denen diese Frage sinnvoll ist, und tatsächlich interessieren mich Romane nicht sehr, in denen der Erzähler oder die Erzählerin nicht sichtbar wird, in denen sich die Frage also gar nicht stellen lässt, wer die Geschichte erzählt. Oder man würde nur zu dem Schluss kommen, der Autor natürlich, die Autorin, als würde sich daran nicht, je nachdem, ein halbes Dutzend anderer Fragen anschließen oder gar keine Frage mehr, weil es sich da einer zu einfach macht und man deshalb nichts weiter von ihm wissen will. Wenn in einem Roman der Autor selbst erzählt, ist ihm das Erzählen kein Problem, und mit solchen Autoren habe ich wenig Geduld, weil ich deren Schreiben als eine Art Science-Fiction lese, selbst wenn sie sich auf alltägliche Begebenheiten in einer alltäglich erfahrbaren Welt beziehen, der dann alles Fremde fehlt und damit paradoxerweise das Vertraute.

Erzählen ist ein naturgemäß finiter Prozess, mit dem man auf ein tendenziell infinites Ergebnis abzielt, und das frustrierendste Erlebnis beim Lesen ist, wenn ein Mehr und Mehr an

Information nicht zu mehr Bewusstsein und nicht zu mehr Empfinden führt, wenn das potentiell Unendliche also gar nicht angestrebt wird und man brav im Endlichen verharrt. Das läuft auf ein ewiges, langweiliges Zufußgehen in einem tristen Realismus hinaus, der vielleicht in Wirklichkeit ein noch tristerer Naturalismus ist, statt wenigstens auf einen Versuch zu fliegen. Keine Aufstiegs- und, was mindestens genauso schlimm ist, daher auch keine Absturzmöglichkeiten, oder anders gesagt, überall regelmäßige Vielecke mit hundert oder sogar zweihundert Ecken, aber nie der angestrebte Kreis, der das Unendlich-Eck wäre und gleichzeitig allein schon durch drei Ecken bestimmt ist.

Natürlich kann man sich einen Plot ausdenken, natürlich kann man Geschichten mehr oder weniger geschickt arrangieren, natürlich kann man Figuren hin- und herschieben und überlegen, ob sie schon im ersten oder erst im dritten Kapitel miteinander ins Bett gehen. Aber für mich ist das ebenso egal wie langweilig, und man kann es genausogut auch seinlassen, wenn die Geschichte nicht ein sich selbst erzeugendes System ist und immer wieder mühsam von außen in Gang gehalten werden muss. Ganz abgesehen davon, dass aus manchen Plots, wie man sie in Klappentexten findet, nicht einmal ein Kafka, ein Joyce oder ein Proust einen anständigen Roman machen könnte, fehlt mir dann das Wasserzeichen oder wie man es nennen will, es fehlt mir die spezifische Handschrift des Autors, die ich sonst in vielem anderen auch, aber vor allem in der empfundenen Differenz zwischen Autor und Erzähler ausmachen kann.

Denn die Figuren sind dann bestenfalls Marionetten in den Händen eines vielleicht sogar gewitzten Spielers, aber niemals von ihm erschaffene Wesen, denen er nur noch mit seiner Sprache Leben einhauchen muss. Es mag an meiner Verkorkst- und Verkopftheit liegen, aber für mich ist ein Satz wie »Peter geht über die Straße«, wenn er nicht zusätzliche Rechtfertigung erfährt, immer ein viel problematischerer Satz, ein Satz, den ich in einem Roman gar nie hinschreiben könnte, als etwa »Paul sah, wie Peter über die Straße ging« oder als »Ich sehe Peter über die Straße gehen«, weil es für mich zu jeder Wahrnehmung jemanden braucht, der sich für die Wahrnehmung haftbar machen lässt. Das kann unmöglich der Autor selbst sein, weil es den Autor selbst im Roman gar nicht gibt oder jedenfalls meiner Meinung nach nicht geben sollte.

»Eine Art Schamhaftigkeit in Hinsicht auf die Nacktheit der Seele«, ja, damit lässt sich anfangen, »ein Entsetzen, das er über sich selbst empfindet«, ja, damit auch, »die Skepsis hinsichtlich der Übertragbarkeit auf den Leser«, auch damit, und ich würde nur in Zweifel ziehen, ob es »mit der Kenntnis, die ein jeder von sich selbst hat«, tatsächlich um so viel besser bestellt ist »als mit der, die er von anderen hat«. Mit diesen Forderungen oder Prämissen hätte ich jedenfalls die Ingredienzien für einen Erzähler, wie er mir zupass kommt, und von da aus lässt sich erkunden, ob man ihn für seine »Wirkungen, dann für seine Handlungen« verantwortlich machen kann und ob es nicht vielleicht besser ist, ihn gerade nicht »für seine Motive und endlich für sein Wesen verantwortlich« zu machen. Denn dort verläuft die Grenze, ob es nun um den jeweiligen Erzähler geht oder um den Autor, die man nicht überschreiten sollte, wenn man im Spiel bleiben und nicht das Spiel in bösen Ernst verwandeln will.

Lichtenberg war sich »der Kenntnis, die ein jeder von sich selbst hat«, offenbar sicherer, als ich es mir bin. Jedenfalls gilt das für die von mir gewählten Erzähler, die ihre tastenden Erkundungen vornehmen und die man durchaus als Ersatzfiguren für mich begreifen kann, Versuchssubjekte, die sich an ein Zentrum der Scham heranerzählen, das sie entweder nicht zu betreten wagen oder, selbst wenn sie es wagen würden, nicht zu betreten vermögen. Ich bin mir nur ungefähr im klaren, wer dieses Ich ist, wenn ich in einem Roman »ich« sage, sowohl konstruiert als auch aus Selbsterlebtem gespeist. Das Zitat wage ich schon fast nicht mehr hinzuschreiben, »Ich ist ein anderer«, nicht nur weil es so viel benutzt und damit längst abgegriffen ist, sondern weil die Erzähler in meinen Romanen Erfahrungen machen, die das einerseits zu bestätigen scheinen, die ihnen aber andererseits immer auch vor Augen führen, dass das Gegenteil genauso wahr ist: »Ich ist kein anderer.« Sie mögen noch so sehr versuchen, sich neu zu entwerfen, um einem Verdacht zu entkommen, den sie gegen sich selbst hegen, lange bevor jemand auftreten könnte, sie damit zu konfrontieren, oder sogar unabhängig davon, und werden dann doch wieder genau auf diesen Verdacht zurückgeworfen und am Ende vielleicht wirklich nicht nur verantwortlich gemacht für ihre Wirkungen und Handlungen, was ja noch anginge, sondern im schlimmsten Fall tatsächlich für ihr Wesen, was auch immer man darunter verstehen mag.

Ich habe erst vor kurzer Zeit, mehr als dreißig Jahre nachdem ich ihn hingeschrieben habe, den allerersten Satz meines ersten Buches in seinem ganzen Gewicht begriffen, aus welcher Wirklichkeit er in mein Erzählen gelangt ist und von welcher Wichtigkeit seine schlummernde Bedeutung möglicherweise für mein weiteres Schreiben gewesen oder jedenfalls geworden ist. So lange mich die Frage schon beschäftigt hatte, ob ich ihn nicht »ganz anders lesen [müsste], als ich ihn geschrieben habe«, so überraschend kam dieses Begreifen. Noch einmal gesagt, lautet dieser erste Satz in meiner Erzählung *Einer*: »Jetzt kommen sie und holen Jakob«, und damit beginnt eine Erkundung, an deren Ende die Frage bleibt, ob da einer geholt wird, weil er etwas angestellt, womöglich sogar verbrochen hat, oder ob er geholt wird, weil er ist, wie er ist, also wegen seiner Handlungen oder wegen seines Wesens. Dazu, wie Jakob ist, will ich an dieser Stelle nur so viel sagen, dass er verhaltensauffällig wirkt in dem Dorf, in dem die Geschichte spielt, einem Wintersportort in den Bergen, in dessen von aggressivem Gelderwerb und aggressiver Lieblosigkeit bestimmter Gemeinschaft er sich weder einfügen kann noch einfügen will, und wenn ich damals beim Schreiben den Satz besser verstanden hätte, hätte ich wahrscheinlich eine ganz andere Gewichtung der Handlung vorgenommen und in ihr leeres Zentrum wohl nicht so deutlich eine mögliche Tat, einen möglichen Mord gestellt.

Zwar ist es auch so kein Krimi geworden, aber eine Geschichte mit eindeutigen Kriminalelementen, in der ein Inspektor und sein Gehilfe gegen Jakob ermitteln, weshalb ich mich von Lesern regelmäßig mit der Frage konfrontiert gesehen habe, ob er seine Freundin Hanna tatsächlich umgebracht hat, wie es nahegelegt wird. Darauf habe ich mich stets mit der gleichen lauen Verteidigung aus der Situation hinausgeschwurbelt, ich als Autor wisse auch nicht mehr, als im Buch stehe, was einerseits stimmt, andererseits aber auch eine Ausflucht ist. Denn der wesentlich interessantere Aspekt wäre jedesmal gewesen, viel deutlicher zu sagen, nur weil einer geholt werde, müsse es ja nicht einen handfesten Grund dafür geben, er könne genausogut ohne Grund geholt werden oder nur aus dem

Grund, dass er war, wie er war, und der Spruch, wo Rauch sei, müsse auch ein Feuer sein, sei mindestens gleich oft falsch wie wahr.

In meinem neuen Roman *Der zweite Jakob* ist der Erzähler nach diesem Jakob aus *Einer* benannt. Er heißt eigentlich anders, sein Name wird nie erwähnt, man erfährt nur, dass er einen schwierigen Nachnamen mit vier aufeinanderfolgenden Konsonanten trägt, aber er wird damit eingeführt, dass ihm in seiner Kindheit mit der Prophezeiung gedroht worden sei, er sei der zweite Jakob, es werde ebenso schlimm mit ihm enden wie mit seinem Onkel, wenn er den Kopf nicht aus den Wolken, den Blick nicht aus dem Himmel bekomme, was ihn dazu bringt, den Namen schließlich aktiv anzunehmen. Von ihm erhält man dann auch ganz am Ende des Romans eine Auflösung des allerersten Satzes meines ersten Buches, als er erzählt, er habe als Kind mit anderen Kindern im Dorf hinter seinem Onkel hergerufen: »Jetzt kommen sie und holen dich!« Das ist für ihn noch nach Jahren mit Schuld und Scham besetzt, weil sein Onkel von der Drohung in Angst und Schrecken versetzt wurde und sich tagelang in den Kellern versteckte, eine Reaktion, die in dieser Heftigkeit kaum verständlich scheint, solange man nicht mehr weiß.

Der Satz kommt aus der Wirklichkeit. Ich habe ihn als Kind mit anderen Kindern hinter meinem Onkel hergerufen, der Jakob heißt, und ich teile mir mit dem Erzähler meines neuen Romans die Prophezeiung, dass sie mich als Kind im Dorf den zweiten Jakob genannt hatten. Ich mag solche Offenlegungen sonst nicht, weil die Beweise in der Literatur nie durch einen Verweis auf die zugrundeliegende Realität geführt werden können, aber weil ich das an anderem Ort bereits ausgesprochen habe, sei es auch hier nicht verschwiegen, und verschwiegen sei auch nicht, was für eine schwierige Entscheidung es für mich war, in meinem ersten Buch den Namen beizubehalten, immerhin den Namen einer realen Person, die als Vorbild für die Figur gelten konnte. Denn genaugenommen ist das ein höchst fragwürdiges Vorgehen, und erlaubt hatte ich es mir damals nur, weil jeder Satz in meinem Manuskript mit jedem anderen Namen falsch geklungen hatte. Zu tun hatte das ohne Zweifel auch damit, dass es über die Prophezeiung, ich sei der zweite Jakob, auch mein Name geworden war und ich damit die Möglichkeit hatte, ohne Wissen des Publikums meinen Namen in mein erstes Buch einzuschreiben, unter diesen Namen zu schlüpfen und so dem paradoxen Spiel, von mir zu erzählen, ohne von mir zu erzählen, noch eine zusätzliche Drehung zwischen Realem und Irrealem zu verschaffen. Außerdem gab es keinen besseren Namen als Jakob, wenn ich von einem sprechen wollte, der geholt wurde, weil Jakob von allen biblischen Namen nicht nur der biblischste, sondern auch der schönste ist.

Wahrscheinlich hätte ich schon viel mehr davon wissen oder zumindest ahnen müssen, aber seine schlimmste Aufladung erfuhr all das für mich erst, als ich das Buch *Asperger's Children* von Edith Sheffer las, im englischen Original erschienen 2018 und bald darauf auch auf deutsch. Darin erzählt die Autorin von der motorisierten Mütterberatung, die es im ländlichen Österreich schon in den zwanziger Jahren des vergangenen Jahrhunderts gegeben habe und die dann von den Nazis nach eigenen Vorstellungen fortgeführt wurde. Ein mit einem Arzt, einer Pflegerin und einem »Reichswohlfahrtsvertreter« besetzter Wagen fuhr über die Dörfer und hielt nicht nur Ausschau nach Kindern, die als behindert galten oder als genetisch degeneriert, sondern auch nach solchen, die in ihrem Sozialverhalten auffällig waren. Wenn man dazu noch weiß, dass Kindern damit gedroht wurde, dass sie von dieser Brigade geholt werden könnten, bekommt der Satz »Jetzt kommen sie und holen dich!«, noch viele Jahre später hinter meinem Onkel hergerufen, der zu Kriegsbeginn ins Schulalter kam und selbst als Erwachsener darauf reagierte, als ginge es um Leben und Tod, plötzlich einen erschreckend realen Hintergrund, auf den ihn das jedesmal zurückwarf. Dagegen verteidigte er sich mit den feststehenden Worten, ihn könne niemand holen, nicht einmal die Polizei, und flüchtete sich dann in Größenphantasien, die ihn vor allem schützen sollten.

Ich besitze die amerikanische Ausgabe des Buches, und darin lese ich jetzt auf englisch: »*children who had difficulty integrating into groups and forging emotional connections with others*«, ich lese: »*fundamental naiveté*«, ich lese: »*even when amid a crowd of people, behaved like a solitary person*«, ich lese: »*antisocial behavior*«, ich lese: »*constantly a loner and pensive*«, ich lese: »*failing to form social relationships*«, lese: »*the boy remained a stranger*«, und: »*the child appeared alone in the world.*« Die Ärzte sollten solche Kinder daraufhin untersuchen, ob sie sich in das »Volk« integrieren ließen oder nicht, die Frage war die Frage nach dem »Gemeinschaftsgefühl«, ein Wort, das einem in dem englischen Text auf deutsch entgegenspringt, die Frage nach der Gemeinschaftsfähigkeit, und das andere deutsche Wort ist alle paar Seiten »Gemüt«, Gemütsarmut, Gemütsleere als Diagnose, oder am besten halb englisch, halb deutsch »*lacking* Gemüt«, was ein Todesurteil bedeuten konnte, schließlich: »*After all, having* Gemüt *was what it meant to be German.*«

... UND EXISTIERE ODER EXISTIERE NICHT ...

Auf den Jakob meines ersten Buches trifft jede einzelne der oben zitierten Beschreibungen zu. Ich habe es mit Ausnahme der letzten paar Seiten in Amerika geschrieben, und das scheint von Bedeutung für mein weiteres Schreiben gewesen zu sein, weil ich es seit einiger Zeit nicht lassen kann, Erzählerfiguren als meine Stellvertreter wieder dorthin zu schicken und ihnen hinterherzureisen, um zu sehen, was sie in der Ferne erleben, geradeso, als wollte ich damit die Ursprungs-, ja, fast jungfräuliche Situation beim Schreiben meines ersten Buches wiederherstellen. Ich weiß nicht, ob man über diese fiktiven Doppelgänger das Verdikt »*lacking* Gemüt« verhängen kann, aber sie kokettieren alle in geradezu herausfordernder Weise mit der Kälte, schreiben sie sich selbst zu oder wehren sich nicht dagegen, wenn sie ihnen von anderen zugeschrieben wird, und landen irgendwann im Schnee, als wäre das die größte Geborgenheit für sie. Sie haben außerdem gemeinsam, dass sie sich ein Schuldbewusstsein teilen, das tatsächlich mehr ist als nur ein Bewusstsein, geradezu eine Schuldwilligkeit, und sie machen sich buchstäblich auf die Suche nach dieser Schuld, immer bereit, einen Verdacht, den sie aus Ungeschicktheit oder Fahrlässigkeit auf sich gezogen haben, statt ihn von sich abzuwenden, auch noch willentlich zu verstärken.

Da ist Richard aus *Die kommenden Jahre*, ein Gletscherwissenschaftler, der nach einem Kongress in New York hängenbleibt und seine Frau mit einer in ihr Ferienhaus aufgenommenen syrischen Flüchtlingsfamilie in der Nähe von Hamburg allein lässt. Da ist Franz aus *Als ich jung war*, der als Hochzeitsfotograf mit dem Tod einer Braut in Zusammenhang gebracht wird und für Jahre nach Wyoming geht oder vielleicht sogar flieht. Und da ist zuletzt Jakob aus *Der zweite Jakob*, ein Schauspieler, der sich bei einem Filmdreh in Texas genau zu der Zeit mit einer mexikanischen Fabrikarbeiterin einlässt, als dort jenseits der Grenze eine Serie von äußerst grausamen Frauenmorden stattfindet, und zu seinem Entsetzen in den Augen der jungen Frau wahrnehmen muss, dass sie ihn für einen möglichen Mörder hält. Sie alle ahnen ihre Abgründe und sind dann doch überrascht, wenn sie feststellen müssen, dass es mehr als nur Ahnungen sind, hoffen auf Exkulpation oder Amnestie, ohne dass klar ist, wer die erteilen beziehungsweise erlassen könnte, und arbeiten an ihrer Auslöschung oder an ihrem Verschwinden, was so weit geht, dass der zweite Jakob davon träumt, alle Spuren des eigenen Lebens verwischen zu können wie eine Fährte in der Wüste, darüber hinwegzufliegen wie ein Vogel und sie mit den Flügelschlägen der ihm dann selbstverständlich gewachsenen Schwingen zu beseitigen.

Was ihr Wesen ausmacht, um das Wort noch einmal aufzunehmen, ohne wirklich daran zu glauben, so könnte man sie als entfernte Verwandte von zwei anderen, sehr unterschiedlichen Erzählern begreifen, oder vielleicht nicht Verwandte, sondern eher als meine Antworten auf sie, meine Spiegelungen an ihnen. Der eine ist der Erzähler in Teju Coles Roman *Open City*, der mir in der Literatur der vergangenen Jahre mit am meisten Eindruck gemacht hat und dessen ganzes Selbstverständnis als modern und humanistisch denkender Zeitgenosse zerbröckelt, als ihn eine Geschichte aus seiner Vergangenheit einholt, die ihn als ganz anderen Menschen zeigt, als er sich inzwischen sieht oder als er als Erzähler zumindest über viele Seiten hinweg seine Leser hat glauben machen wollen. Der andere, noch wichtiger für mich, ist der Erzähler in Miroslav Krležas Roman *Ohne mich*, der in der deutschen Ausgabe den bezeichnenden

Untertitel »Eine einsame Revolution« trägt und von einem Mann handelt, der für das, was er als richtig erkannt hat, jede Verunglimpfung in Kauf zu nehmen gewillt ist, Frau und Freunde verliert und schließlich im Gefängnis und im Irrenhaus landet und auf seinem Weg Stufe für Stufe die soziale Leiter hinunter auch noch Glück empfindet.

Er ist Advokat eines großen Industriekonzerns in der kroatischen Provinz kurz nach dem Ersten Weltkrieg, und sein Niedergang beginnt damit, dass er den Generaldirektor der Firma öffentlich bezichtigt, eine kriminelle Handlung begangen zu haben, als der vier Bauern erschossen hat, die in seinen Weinkeller einbrechen wollten. Weder nimmt er ihm ab, dass es Notwehr war, noch verzeiht er ihm, sich mit der Schandtat zu brüsten, und von da an gibt es für ihn kein Halten mehr. Er verbeißt sich in die Sache, und sein Fall ist besiegelt.

Man kann dabei den Eindruck gewinnen, dass er, ein für alle Mal desillusioniert davon, wie in der Gesellschaft, in der er lebt, Vorteile aussehen oder mit welchen Mitteln sie zu erlangen sind, nur mehr am eigenen Nachteil interessiert ist, ein moderner oder gar nicht so moderner Kohlhaas. »Etwas zum Nutzen des eigenen Schadens tun« ist die Leitlinie, die ich, wenn ich mich richtig erinnere, aus einem serbischen Sprichwort habe, und obwohl das niemandem als Vorgabe und schon gar nicht als Vorgabe für politisches Handeln anzuempfehlen ist, mag das ewige »etwas zum Nutzen des eigenen Nutzens tun« in einer Welt, die ganz und gar und immer mehr genau darauf ausgerichtet ist, schon einmal langweilig oder allzu stromlinienförmig und auch nicht sehr interessant für neue Erkenntnisse werden. Da kann man wenigstens in der Literatur den entgegengesetzten Weg einschlagen und es mit Erzählern versuchen, die in dieser Beziehung anders gewickelt sind.

Zugegeben, damit ist ein weiter Bogen gespannt, aber auch wenn meine Erzähler weniger radikal in ihre Abgründe gestoßen werden, oder jedenfalls nicht mit der gleichen Fallhöhe, weil sie weniger radikal in ihrer Auflehnung gegen die Bestimmungen des angeblich Normalen sind, könnten sie ihre Ausrichtung von solchen Vorbildern haben, ihr Liebäugeln mit Auflehnung und Fall. Es beginnt bereits mit dem Jakob meines ersten Buches, der sich durch sinnloses oder unsinniges Reden aus der Sinnlosigkeit der Normalität seines Dorfes zu retten versucht und von ihr verschlungen wird, und findet sein Echo bei seinem Namensvetter in *Der zweite Jakob*, der mutmaßt, dass er vielleicht genau deswegen Schauspieler geworden sei, weil er sich früh von den Betrunkenen in den Hotels seiner Eltern abgeschaut habe, »auf vermeintlich vernünftige Fragen vermeintlich unvernünftige Antworten zu geben«, und »so einerseits der Mühle des Immergleichen, des hundertmal Gehörten und hundertmal Gesagten entkommen, andererseits aber als einer wahrgenommen worden« war, »mit dem man kein ernstes Wort reden konnte, weil er alles ins Spielerische und Lächerliche zog«. So ist es nicht nur wegen eines pragmatischen Vorteils, dass er seinen Namen aufgegeben hat, sondern gleichzeitig eine Flucht aus seiner Existenz, und das teilt er sich sowohl mit Richard aus *Die kommenden Jahre*, der halb scherzhaft, halb ernst bereit ist, seine ganze Identität dem Vater der syrischen Flüchtlingsfamilie zu überlassen, als auch mit Franz aus *Als ich jung war*, der sich nach einer Bewusstlosigkeit unerkannt und ohne Papiere im Krankenhaus wiederfindet und das als Chance begreift, sein Leben unter anderem Namen zu erzählen, selbstverständlich auf englisch, und sich gleich auch noch einen erzählerischen Freibrief verschafft, indem er von sich sagt: »Solange niemand etwas von mir wusste, konnte ich alles erzählen, und das war ein guter Anfang.«

Dazu Richards Traum von St. John's in Neufundland, wo er aber nie hingelangen wird, seine Aussage, manchmal das sichere Gefühl zu haben, nicht in Tirol geboren und aufgewachsen zu sein, sondern am Hudson, dazu Franz' Vorstellung, in einem der windverblasenen Prärienester in Wyoming verlorenzugehen, durch die er auf seinen langen Fahrten mit dem Auto kommt, dazu der Schmerz des zweiten Jakob beim Abschied nach vier Drehwochen in Texas, der »Stich im Herzen, womöglich nie wieder hierher zurückzukehren«, und dann heißt es: »Der Reflex war eine plötzliche Sehnsucht, für immer zu bleiben und ein Leben unter diesem weiten Himmel zu führen, in dieser Landschaft mit ihrem in hundert Filmen beschworenen Pathos, und wenn es nur ein Pathos aus furchtbarster Einsamkeit und himmelschreiender Verzweiflung war.« Es sind Erzähler, die sich alle mit mir meine Tiroler Herkunft teilen und ihrer Herkunft zu entkommen versuchen und doch immer wieder darauf zurückgeworfen werden, Erzähler mit einer paradoxen Mischung aus einer elenden Herkunftsscham und einem ebenso unsinnigen wie verzweifelten Herkunftsstolz, den sie der Welt entgegensetzen.

Damit bin ich also wohl unweigerlich wieder ins Autobiografische hineingetappt, auf das man sich einlassen kann, dem es nach meiner Vorstellung aber eher auszuweichen gilt, ein manchmal ebenso leerer wie von falschen Erwartungen überfüllter Begriff, den zu umgehen ich in meinen letzten drei Romanen einen Weg gefunden habe, der sich wie ein billiger

Trick, wie ein rhetorisches Ausweichmanöver anhört und der vielleicht nicht die ganze Wahrheit ist, mir aber beim Schreiben ein ständig glimmender Antrieb war. Die Weisheit liegt in einer banalen Umkehrung. Die vermeintlich autobiografischen Teile, Stichwort »Herkunft«, Stichwort »Aufwachsen in einem Hotel«, Stichwort »einmal Tiroler, immer Tiroler«, natürlich ohnehin verfremdet, fühlen sich jedenfalls für mich nicht sehr autobiografisch an, und die offensichtlich nicht autobiografischen und das heißt in allen drei Romanen amerikanischen Teile können so gelesen werden, als stammten sie aus meiner Biografie, vorausgesetzt natürlich, dass ein Leser oder eine Leserin überhaupt mit diesem sinnlosen Suchspiel beginnt. Wenn die Frage nach solcher Authentizität keinen wirklichen Sinn ergibt, kann die Antwort nur sein, Authentizität genau dort erzeugen zu wollen, wo sie am wenigsten erwartet wird, und wenn ich also beispielsweise gefragt würde, ob ich wirklich bei einem Festbankett in El Paso George Bush kennengelernt oder wirklich das Angebot ausgeschlagen hätte, den österreichischen Serienmörder Jack Unterweger in einem Film zu spielen, wie es beides der zweite Jakob getan hat, könnte ich immer nur ja sagen, dreimal, viermal ja, und mich freuen über diesen Zugewinn an Leben, der mir da aus meinem Schreiben erwächst.

Authentifizierung, ich bleibe bei dem Wort, so problematisch es ist, erfahren alle drei Romane durch am Ende angehängte Zusatzkapitel. Fast könnte man von Bonusmaterial sprechen, in dem dreimal der paradoxe Versuch unternommen wird, Existenz durch die Behauptung von Nichtexistenz zu erzeugen, Wahrhaftigkeit durch die Möglichkeit, statt vom Erzählen vom Nichterzählen zu sprechen, Geschichten dadurch glaubwürdiger zu machen, dass der Erzähler sagt, er würde eigentlich lieber nicht davon reden. Das trifft sich genau mit dem Befund, zu dem Graham Swift in einem Interview gelangt ist, in dem er sagt, eine Geschichte sei stark, wenn sie dem Leser das Gefühl gebe, ihn in etwas einzuweihen, das auch verschwiegen werden könnte.

Das ist noch nicht ganz so offensichtlich in *Die kommenden Jahre*, wo sich die Erzählung zum Schluss in drei verschiedene Enden verzweigt, von denen zwei auch gar nicht existieren könnten, weil sie als die dreizehnten Kapitel bezeichnet werden, das erste dreizehnte Kapitel und das zweite dreizehnte Kapitel. Sie stellen sich damit selbst in Frage, und ihr Status ist der Status, den Zimmer mit der Nummer dreizehn in Hotels haben, es gibt sie, oder es gibt sie nicht, oder es sind keine zahlenden Gäste darin untergebracht, sondern Personal, wie es im Hotel meiner Eltern gehandhabt wurde. Überschrieben ist das eine Kapitel mit »Ende für Literaturliebhaber«, was ihm nicht gerade Kraft verleiht, das andere auch etwas beliebig mit »Ein anderes Ende«, was aber auf jeden Fall besser ist als »Ende für Literaturliebhaber«, weil alles besser ist als das, und dann erst folgt das letzte Kapitel mit der Überschrift »Was wirklich geschehen ist«, nach dem Vorhergehenden eine, je nachdem, starke oder schwache Wirklichkeitsbehauptung.

In *Als ich jung war* ist es dann schon ein Kapitel, das mit »Die nicht erzählte Geschichte« überschrieben ist, die dann erzählt wird, eine Geschichte, die den Erzähler wenn schon nicht kompromittiert, so doch in seinen Schreckensmöglichkeiten kenntlich macht. Darin wird auch die für den Roman wichtige Frage aufgeworfen, ob wir uns manche Geschichten nicht nur erzählen, um andere *nicht* erzählen zu müssen, ja, ob manche Geschichten, die wir uns erzählen, nicht vor allem dazu angetan sind, das Zentrum des Nichterzählten oder Nichterzählbaren, sei es aus Scham, sei es aus Schuld, nicht betreten zu müssen. Das macht den Erzähler dieses Romans nicht bloß zu einem unzuverlässigen Erzähler, der er ohnehin ist, sondern zu einem unheimlichen, dem man auf Schritt und Tritt misstraut, ob er nicht vielleicht das Wesentliche verschweigt.

In *Der zweite Jakob* schließlich bekommt man es am Ende mit zwei Kapiteln zu tun, die überschrieben sind mit »Warum alles anders ist I« und »Warum alles anders ist II«, geradeso, als wollte der Erzähler, nachdem er auf über dreihundertfünfzig Seiten von sich erzählt und gerade erst behauptet hat, das Erzählte könne anstelle einer Biografie stehen, plötzlich alles noch einmal oder alles noch zweimal auf den Kopf stellen. Dabei spricht er davor in der Ankündigung der Kapitel selbst die Warnung aus: »Nenn es nicht den Hauptteil, und nenn es nicht *Der Tod und das Mädchen*.« Dann kommt beide Male die Versicherung, dass es ihm unangenehm und peinlich sei, davon zu sprechen, und dass er eigentlich gar nicht davon sprechen wolle, und dann spricht er doch davon, und es geht, auf das Notwendigste abgespeckt, um das Sterben und seine Untröstlichkeit darüber, es geht um die Liebe. Es sind Kapitel, die in ihrer engen Fokussierung im Grunde mit geringen Änderungen an jeden Roman angehängt werden könnten, im einen bekommt der Erzähler eine schwere Krankheitsdiagnose, im anderen verliebt er sich in eine viel jüngere Frau, und sie scheinen ihre Kraft daraus zu beziehen, dass sie neben allem Spezifischen unverdeckt auf das allgemein Menschliche zielen. Sie mögen zum autobiografischen Lesen verleiten, aber man muss da sehr vorsichtig sein und im Auge behalten, dass man sich in einem

Roman befindet und der Erzähler mit seinen Bekenntnissen wohl vor allem die Absicht hat, den vorhergehenden eher romanhaften Teilen im nachhinein alles Romanhafte zu nehmen, und für sich den höchsten Anspruch erhebt, damit in der Literatur mittels ihrer selbst und ohne Zuhilfenahme von Körperflüssigkeiten oder anderem Hokuspokus der Literatur zu entkommen.

Es bleibt die alte Maxime von Robert Frost, das eigene Leben zu erzählen, als wäre es das Leben eines anderen, und das Leben eines anderen zu erzählen, als wäre es das eigene, und tatsächlich erinnere ich mich sofort wieder, dass es beim Schreiben meines ersten Buches in Kalifornien einmal eine Zeit gegeben hatte, in der auch mein Leben eine Weile fast schon peinlich romanhafte Züge annahm, wie geschaffen für einen ZDF-Zweiteiler über eine romantische Schriftstellerwerdung. Ich bewohnte in Palo Alto ein Haus mit einer Studentin aus Hongkong und einem Musiker, 2590 Webster Street (falls dort jemand eine Tafel anbringen will), und ein- oder zweimal in der Woche kam eine gute Freundin von ihm, eine Notfallchirurgin, aus San Francisco zu Besuch, mit der ich dann viel spazieren ging. Sie war verheiratet, aber ihr Mann hatte gerade sein Coming-out gehabt, die Scheidung war in Planung, und währenddessen hatte sie sich vorgenommen, *Der Mann ohne Eigenschaften* neu zu übersetzen, was in dieser Community der Hoch- und Höchstbegabten nicht so ungewöhnlich war. In der so aufgeladenen Situation nahm sie mein Schreiben, selbst wenn sie nie eine Zeile davon gesehen hatte, wohl allein schon deswegen ernst, wie es später vielleicht nie mehr jemand ernst nehmen würde, weil ich nicht nur auf meine Weise verkantet war, sondern wie Robert Musil Österreicher und sie gehört hatte, dass ich mich vor allem von Cornflakes ernährte, morgens, mittags und abends, und das ja schließlich mehr bedeuten musste, als es auf den ersten Blick schien. Jedenfalls vertraute sie aus irgendeinem Grund blind auf mich und sagte, es sei ein Nichts für sie, mir notariell beglaubigt ein monatliches Geld auszusetzen, wenn ich ein paar Jahre in Kalifornien bleiben und in Ruhe schreiben wolle.

Wir waren an der Pazifikküste Richtung Norden unterwegs und hatten dort einen gestrandeten Wal entdeckt, und einen Augenblick war ich sicher, ich würde nie mehr nach Hause zurückkehren und das wäre mein Leben. Zwei Tage später, jetzt endgültig wie in einer Verfilmung, stand sie im Regen vor meiner Tür, um sich von mir zu verabschieden, und als sie am Nachmittag darauf mit ihrem Mann nach Österreich flog und auf den Spuren Musils Wien erkundete, hatte ich für drei Wochen ihre Wohnung mit Panoramafenstern auf die Golden Gate Bridge zur Verfügung und schrieb dort wesentliche Abschnitte meines ersten Buches, das in einem kleinen Nest in den Tiroler Bergen spielt. In ihrer Abwesenheit teilte ich mir das verwaiste, fußballfeldgroße Ehebett züchtig mit zwei deutschen Au-pair-Mädchen, die ich am Strand vor der Stadt kennengelernt hatte, und war mit meinen Gedanken längst schon wieder ganz woanders.

So erzählt, klingt das nicht gut, wie halb zusammengeflunkert, ich bin in der Geschichte, aber ich kann mich in dieser Geschichte nicht finden oder höchstens als einen, der sich von Zeit zu Zeit zum Narren machen muss. Die Fakten mögen stimmen, es liegt natürlich am auftrumpfenden und allzu selbstverständlich über alles verfügenden Ton, und daran schließt sich die Frage, was mit den Fakten passiert, wenn der

Ton nicht stimmt. Die Antwort ist, dass sie selbst in eine Schieflage geraten und man einen Erzähler braucht, der sich ins richtige Verhältnis dazu setzt, und das bedeutet fast immer, dass er seine eigene Rolle befragen oder wenigstens wissen sollte, dass man ihm wahrscheinlich nicht zuhören will, wenn er sich als Ekel gebärdet.

Ich füge deshalb noch einen Steckbrief an, der nur zu weiterer Verwirrung beitragen kann, ein Porträt des, ach ja oder vielmehr nein, bloß nicht, Künstlers als nicht mehr junger Mann, ein Bild, mit kräftigen Strichen über das gepinselt, das ihn als jungen Mann zeigt. Das Leben eines anderen *leben*, als wäre es das eigene, das eigene Leben *leben*, als wäre es das eines anderen, und das nicht als Unglück begreifen, sondern als Glück? Vielleicht müsste jetzt ein erklärender Satz folgen, der etwas von Entfremdung oder den sogenannten Bedingungen der Moderne enthielte, und ich könnte auch über Einsamkeit reden, aber das lasse ich besser und sage lieber, dass ich mich in Hamburg Paul Weber nenne, wenn ich in einer Buchhandlung ein Buch bestelle oder Kino- oder Theatertickets kaufe, damit ich nicht in die Verlegenheit gerate, meinen Namen mit den vier aufeinanderfolgenden Konsonanten buchstabieren zu müssen, oder in die noch schlimmere Verlegenheit, erkannt oder vielleicht auch nicht erkannt zu werden ... in Hamburg, wohin ich, frei nach Uwe Johnson, in Wahrheit nicht gehöre, in Hamburg, wo es sich dennoch leben lässt und wo ich ... na ja ... lebe, zumindest bis jemand etwas anderes behauptet und mir womöglich nachweist, es sei in Wirklichkeit ein Klon von mir und ich müsse irgendwo auf dem Weg aus den Tiroler Bergen herunter verlorengegangen sein.

Jedenfalls habe ich dort in der Karolinenstraße in rascher

Folge meine letzten drei Romane geschrieben, und wenn ich jemandem davon erzähle, beeile ich mich immer, entschuldigend zu sagen, ich sei im Augenblick ganz offenbar in meiner Geniephase, bevor mein Gegenüber den Vorwurf der Viel- oder Schnellschreiberei erheben kann, setze die notwendigen Ironiesignale, die ankommen oder nicht ankommen, und entschuldige mich gleich noch einmal. Ich weiß, dass ich sagen müsste, dass ich mit mir oder mit meinem Stoff oder sogar mit meinem Werk ringe und jahrelang gerungen habe, aber ich ringe nicht, oder wenn ich schon ringe, ringe ich mit dem Engel, wie es seit dem Alten Testament wir Jakobe tun, sofern das der Plural ist, und es fühlt sich nicht wie Ringen an, sondern eher wie ein Liebesakt. Ich gehe am Morgen in mein Arbeitszimmer mit Blick auf den Fernsehturm und verlasse es am Abend wieder und habe entweder eine Seite vollgeschrieben oder nicht und bin, je nachdem, ein Mensch oder bin keiner, existiere oder existiere gar nicht, und das ist die ganze Geschichte.

Dritter Teil

KLARHEIT UND SEHNSUCHT

EIN HUND SEIN

Es gibt sicher nur wenige andere Autoren, die in ihrem Werk in ähnlich anhaltender Weise über das Bild und die Rolle des Künstlers nachgedacht haben, wie Thomas Mann es getan hat. Vom Anfang bis zum Ende seines Schreibens Künstler oder Künstlerfiguren, wohin man auch schaut, und wie könnte es noch vor allen autobiografischen Unterstellungen anders sein, als dass diese ebenso von seinen Vorstellungen von sich gespeist sind, wie sie umgekehrt, sobald sie ihr Eigenleben entfaltet haben, wieder zurückwirken auf ihn? Nicht alle von ihnen hatten indes nur ihre Freude mit dem Wort »Künstler«, weder in der Selbstbezeichnung noch in der Fremdbezeichnung durch andere, und das gilt wohl auch für Thomas Mann selbst, der das Wort zwar nicht in Anführungszeichen setzt, aber manche von diesen Figuren in ihrer Existenz so sehr untergräbt, dass es gar keine Anführungszeichen braucht, um auch das Wort und alles damit Verbundene in Frage zu stellen.

Bekannt sind die Schlagworte, bekannt die Diskurse, »Kunst« oder »Künstler« lässt sich mit vielem, ja, mit fast allem verbinden, und man kann, je nach Zeitgeist, prächtig darüber reden: »Kunst und Gesellschaft«, »Kunst und Revolte«, »Kunst und Verbrechen«, »Kunst und Geist«, »Kunst und Wissenschaft«, »Kunst und Wahn«, und wo Kunst ist, ist unvermeidlich auch der Künstler oder ist die Künstlerin, denen bei alldem eine Sonderrolle zugeschrieben wird oder die sich eine Sonderrolle herausnehmen und, je größer sie ist, um so weniger erfüllen oder überhaupt nur erfüllen können, was im Zweifelsfall nicht immer ein Unglück sein mag. Worin genau die besteht, ist ohnehin schwer zu sagen, und man kommt manchmal weiter, wenn man versuchsweise das »und« in diesen beliebig fortsetzbaren Paarungen durch ein »oder« ersetzt oder wenn man jede Differenzierung aufgibt und die größte Setzung wagt: »Kunst und Leben«. Dann könnte ein »oder« stattdessen schon einen sehr schmerzhaften Eingriff bedeuten, wenn man es ernst nimmt, und die Frage nach dem Künstler wäre noch unbeantwortbarer und könnte nur auf die Ungewissheit hinauslaufen, ob wir da einen für das Leben besonders Zuständigen meinen oder einen Unzuständigen, der uns gerade in seiner Unzuständigkeit etwas über das Leben zu sagen vermag, zumal über das ungelebte, das uns als Wirklichkeit in Angst und Schrecken versetzt und uns gleichzeitig als Möglichkeit mit der größten Sehnsucht erfüllt.

Die musisch begabten, künstlerisch angehauchten Figuren oder gar richtigen Künstlerfiguren in den frühen Erzählungen von Thomas Mann hätten schon ein ganzes kleines Sanatorium bevölkern können, noch bevor er überhaupt an den *Zauberberg* und das dortige Sanatorium gedacht haben kann. Zwar fehlt es ihnen nicht an der Lunge, aber es fehlt ihnen ... und ja, wenn man das Wort ohne weitere Bestimmung gebrauchen könnte, wäre es am angemessensten: Es fehlt ihnen ... und die Leere dahinter ist nicht zu füllen, mit dem Leben nicht und mit der Kunst auch nicht. Sie als Lebensschwindsüchtige zu bezeichnen mag in diesem Zusammenhang ein bisschen schick klingen, aber das sind sie, aus der Welt Herausgefallene, noch bevor sie darin einen Platz gehabt hätten, und ihr Hang zum Künst-

KLARHEIT UND SEHNSUCHT

lerischen, ihre Vorliebe für das Theater oder dass sie vielleicht zeichnen, dass sie malen, dass sie sich an der Geige oder am Klavier versuchen, dass sie viel lesen oder sogar einmal ein Gedicht schreiben, scheint sie in ihrem Leben eher zu schwächen als zu stärken. Nicht unglücklich sind sie in dem Sinn, in dem man sagt, man sei nicht unglücklich, weil es Glück als Kategorie nicht gibt. Sie haben sich in dieser Art Leben eingerichtet, anämisch, ätherisch, ihre Tage scheinen gezählt, es könnten viele, es könnten genausogut auch nur wenige sein, die sie noch hinzubringen haben, und gefährlich werden kann ihnen nur, dass das sogenannte Leben in Großbuchstaben nach einer Enttäuschung noch einmal an sie herantritt, weil dann der unmittelbare Tod droht.

Es wird viel gestorben in diesen frühen Erzählungen, aus manchmal fast nicht mehr zeitgemäßen Gründen, die man da oder dort vielleicht unglückliche Liebe nennen könnte, weil die Konstellation das hergibt, aber das wird dann auch schon als belletristische Ausflucht erkannt, »eine Albernheit, wie sich von selbst versteht«. »Eine unglückliche Liebe ist eine Attitüde...« »Man geht an keiner unglücklichen Liebe zu Grunde.« Aber woran dann?

Der Autor, der diese Sätze schreibt, lässt da schon in den *Buddenbrooks* eine ganze Welt und mit Hanno Buddenbrook den Bruder oder Vetter all dieser Künstlerfiguren mit nur schwach ausgeprägtem Lebenswillen zugrunde gehen, und man kann erschrecken über Heinrich Manns Aussage, er habe seinen Bruder nie wieder am Leben leiden gesehen, »als sein Roman mitsamt dem Erfolg da waren«, man kann erschrecken, aber auch zu verstehen versuchen, was jenseits des Erfolges in den *Buddenbrooks* alles gebannt sein mag, was für ein großer Abwehrzauber im Faktischen und Kontrafaktischen das Buch für Thomas Mann wohl auch gewesen ist. Wenn man andererseits, vielleicht ein bisschen klischeehaft, »Leiden am Leben« als das größte künstlerische Kapital begreift, ist das eine vergiftete Aussage, aber wichtiger daran scheint ohnehin, dass Thomas Mann von da an nur mehr als der Thomas Mann zu denken war, der die *Buddenbrooks* geschrieben hat und der bereits vor der Veröffentlichung in einem Brief an den Bruder von sich schreiben konnte: »Ich weiß so sicher, daß Kapitel darin sind, wie sie heute nicht Jeder schreiben kann ...«, will natürlich sagen: Keiner!, und da war er gerade fünfundzwanzig Jahre alt. Wie dann der Verlockung widerstehen, sich nach diesem Bild zu schaffen beziehungsweise nachzuschaffen, und nicht ganz der Thomas Mann werden, den wir kennen oder zu kennen glauben, im »Roman meines Lebens«, um auch damit eines seiner Worte aufzugreifen?

»Trachte ich nach dem Glück?« schreibt er, wieder an den Bruder, vor seiner Heirat mit Katia Pringsheim, die auch für den Senatorensohn aus Lübeck eine Heirat in die bessere Gesellschaft ist. »Ich trachte nach dem Leben; und *damit* wahrscheinlich ›nach meinem Werke‹. Ferner: ich fürchte mich nicht vor dem Reichthum. Ich habe niemals aus Hunger gearbeitet, habe mir schon in den letzten Jahren nichts abgehen lassen und habe schon jetzt mehr Geld, als ich im Augenblick zu verwenden weiß.«

Die Künstler in den beiden dann folgenden großen Künstlernovellen *Tonio Kröger* und *Der Tod in Venedig* sind nicht frei von den Anflügen ihrer so lebensuntüchtigen Vorgänger, aber sie unterscheiden sich wesentlich von ihnen dadurch, dass das Künstlerische an ihnen nicht etwas Vages, Ungefähres ist, das zu ihrer Lebensuntüchtigkeit beiträgt, sondern etwas, das sie einen Prozess hat durchmachen lassen, der durch ein Werk beglaubigt wird. Fortan ist ein Künstler einer, der ein Werk hat, außer natürlich den Künstlern, die keines haben, und ein Werk zu haben bedeutet, dass man sein Leben dafür eingesetzt hat, was diese Künstler zu kalten, aber auch zu zutiefst melancholischen Figuren macht. Es ist schon da, lange vor dem *Doktor Faustus*, eine Art Teufelspakt, den sie mit und gegen sich selbst eingehen, geradeso, als wäre Beseelung in der Kunst tatsächlich nicht ohne Entseelung im eigenen Leben zu haben. »Kunst und – ja, was ist das Andere?« sagt Tonio Kröger an einer Stelle, aber noch jung an Jahren, sagt er von sich auch, »daß ich es oft sterbensmüde bin, das Menschliche darzustellen, ohne am Menschlichen teilzuhaben ...«, und blickt voller Sehnsucht auf die vielzitierten »Wonnen der Gewöhnlichkeit«.

Von dem schon älteren und manchmal über die Jahre alt wirkenden Gustav Aschenbach in *Der Tod in Venedig* heißt es, er sei »schon als Jüngling von allen Seiten auf die Leistung – und zwar die außerordentliche – verpflichtet« gewesen in einem »starren, kalten und leidenschaftlichen Dienst«. In Fragen der Moral steht er auf Seiten der Schönheit, und man kann davon ausgehen, dass er sich einig weiß mit seinem Schöpfer oder dass sein Schöpfer sich einig weiß mit ihm in dem, na ja, künstlerischen Hang, »Schönheit schaffende Ungerechtigkeit anzuerkennen«, einig auch in der abgründigen Feststellung, dass es gut ist, »daß die Welt nur das schöne Werk, nicht auch seine Ursprünge, nicht seine Entstehungsbedingungen kennt«. Denn was sie sonst kennenlernen würde, wäre ein Einblick, zu welchen Vergehen gegen das Leben sich einer bereit sieht für das Werk oder, mit noch mehr Pathos gesagt, wieviel von seinem

Leben und wieviel vom Leben der anderen er dafür zu verbrennen gewillt ist.

Thomas Mann selbst steht da noch vor seinem langen Weg vom Ästhetizisten und monarchistisch-nationalistischen Kriegsbefürworter zum erklärten Demokraten und seinem politischen Erwachen in der Weimarer Republik. Es ist ein Weg, der ihn in die Emigration und ins Exil führt, und obwohl er noch einmal seine Zeit braucht, bis er sich unwiderruflich zu Emigration und Exil auch bekennt, ist es ein Weg abnehmender Irrtümer und zunehmender Entschlossenheit, Stellung zu beziehen. Bei dem für tausend Jahre angetretenen Vernichtungsregime in Berlin gibt es endgültig kein Vertun mehr, und am Ende findet er sich als dessen wortstarker Gegner in den USA wieder, mit seinen Radioansprachen und Vorträgen ein »Wanderredner der Demokratie«, wie er sich selbst nennt, vielleicht ironisch, aber sicher nicht ohne vom Ernst dahinter ganz und gar beseelt zu sein, die Stimme eines anderen Deutschland, als das eine Deutschland der aufgeklärten Welt den totalen Krieg erklärt hat.

Es sind noch einmal zwei große Künstlerromane, an denen er zu der Zeit arbeitet, *Lotte in Weimar* und *Doktor Faustus*, und was sie bei aller Verschiedenheit eint, ist der Begriff künstlerischer Größe, der ihn seit seinen Anfängen beschäftigt, einmal ins Lächerliche, einmal ins Teuflische gezogen. Dabei liegen Ironie und Schrecken allein schon in den Bezeichnungen, die er für seine Protagonisten wählt. Seinen Goethe in *Lotte* nennt er nicht nur einmal den »Gewaltigen«, Adrian Leverkühn in *Doktor Faustus* wird ein dämonischer Genius genannt, Setzungen, durch die beides festgelegt ist, das Streben nach den Sternen und die Fallhöhe. Es ist eine hinreißende Stelle in *Lotte*, in

KLARHEIT UND SEHNSUCHT

der Goethe sich seine Größe ausgerechnet durch Napoleon beglaubigen lässt, den Lieblingsgrößten aller Verrückten, der in seiner Größe auch schon den Schrecken vereint, was Thomas Mann dann in die Lage versetzt, den »Gewaltigen« in wunderbarem Hessisch losschwadronieren zu lassen: »Wisse nicht die Dusselköppe, daß ein großer Dichter vor allem *groß* ist und dann erst ein Dichter, und daß es ganz gleich ist, ob er Gedichte macht oder die Schlachten schlägt ...«

Der Goethe in *Lotte* darf dann auch sagen, er sei beim Schreiben des *Werther* »spatzenjung und schon ganz bereit [gewesen], Liebe, Leben und Menschheit an die Kunst zu verraten«, und an anderer Stelle, er »habe nie von einem Verbrechen gehört, das ich nicht hätte begehen können ...« Damit hat der »Gewaltige« dem Adrian Leverkühn in *Doktor Faustus*, der in dieser Beziehung als Maß gelten kann, ja geradezu etwas voraus, weil der erst einen Teufelspakt braucht, um so weit zu kommen. Für den Goethe in *Lotte* dagegen ist es eine Selbstverständlichkeit.

Wer der Verbrecher ist, scheint demnach klar, und es gälte nur noch, die Art des Verbrechens festzustellen, aber auch das ist im Grunde schon getan: Ausbeutung und Vernachlässigung des Lebens mit dem Kunstwerk, je nachdem, als Schuldbeweis im Sinne der Anklage, als Rechtfertigung oder als leeres Alibi. Schließlich muss es für die Verneinung, Verdoppelung, Spiegelung, Steigerung, Auslöschung der Realität herhalten, oder welches Wort auch immer man dafür finden will, jedenfalls für die Feststellung allein durch seine Existenz, dass die nackte Realität, das nackte Leben nicht genug ist. In kaum einem anderen Roman der Weltliteratur erfährt man so viel von der von seinem Protagonisten hervorgebrachten Kunst wie von der Kunst Adrian Leverkühns im *Doktor Faustus*, und dann ist es auch noch die Musik, von der sich nur schwer sagen lässt, wovon sie handelt. Man erfährt viel von ihren Bedingungen und ihrer Gemachtheit, man erfährt, dass es für die Hervorbringung nicht schadet, wenn man sich für Mathematik interessiert und vielleicht auch etwas von Theologie versteht, und wundert sich nicht, dass den Begriffen »Kunst« oder »Künstler« oder »Inspiration« eine Absage erteilt wird, genauso wie dem »pathetisierenden Gegensatz von Künstlertum und Bürgerlichkeit«, der dem Wort »Künstler« erst seine ebenso schillernde wie fragwürdige Anziehungskraft verliehen hat. Für all das soll das Dämonische einstehen, und im Dämonischen kommt dem Geschlechtlichen eine hervorragende Rolle zu, und am Ende braucht es auch noch den Teufel, aber ist man mit dem Teufel klüger, wenn man wissen will, was bei der Entstehung eines Kunstwerks geschieht und was notwendig ist? Gehört dazu wirklich, nicht lieben zu dürfen, wie es Adrian Leverkühn abverlangt wird? Den Menschen, die einem nahestehen, Unglück zu bringen, ja, ihr Verderben zu sein?

Die Forderung des Teufels jedenfalls ist eindeutig, und mit ihr scheint sich auch da ein Kreis zu schließen: »Kalt wollen wir dich, daß kaum die Flammen der Produktion heiß genug sein sollen, dich darin zu wärmen. In sie wirst du flüchten aus deiner Lebenskälte ...« Tonio Kröger in der gleichnamigen Novelle und Gustav Aschenbach in *Der Tod in Venedig* haben dafür nicht mehr gebraucht als ihre Fremdheit und ihre Einsamkeit und keinen Teufel als sich selbst.

Fehlt nur noch, dass mit dem *Felix Krull* Thomas Manns letzter Künstlerroman ein Hochstaplerroman ist. Es liegt auf der Hand, wieviel der Hochstapler, der sich auf seine Art durch sein Leben schwindelt, mit den sich auf ihre Art durch ihre

KLARHEIT UND SEHNSUCHT

Leben schwindelnden Künstlerfiguren zu tun hat, für die Thomas Mann sich zeit seines Lebens interessiert hat. Was ist Dichtung, was ist Wahrheit? Ist das Leben hochgestapelt oder das Werk? Die Gefahr aufzufliegen, hier wie dort, die Gefahr, überführt und unter Anklage gestellt zu werden, macht einen Teil des Reizes aus, und es könnte schon sein, dass einer, mit der Frage konfrontiert, wer er sei, gar nicht so leicht zu einer Antwort finden würde. Schließlich war der Thomas Mann, der die *Buddenbrooks* geschrieben hat, irgendwann auch der Thomas Mann, der eine Frau und sechs Kinder hatte, vorausgesetzt, es handelt sich dabei um ein und dieselbe Person.

Ich habe immer schon gedacht, dass Thomas Manns Novelle »Herr und Hund« ihre Bezeichnung »Ein Idyll« zu Unrecht trägt oder nur ironisch tragen kann. Das meine ich nicht auf das Ende bezogen, wo dem Hund ein Gott erscheint, als er nach erfolgloser Entenjagd einen Jäger beobachtet, der mit seinem Gewehr ohne die geringste Anstrengung eine Ente vom Himmel holt und damit den Erfolg hat, der ihm selbst die ganze Zeit verwehrt geblieben ist. Sofort ist der Hund bereit, seinen eigenen Herrn zu verraten, der so etwas nicht zuwege bringt, und überzulaufen. Das Ganze ereignet sich in einer vorstädtischen Flusslandschaft, im Hintergrund die Stadt, von der es in einer anderen Erzählung heißt, sie leuchte, in einem Areal, das fast schon die Anmutung einer Wildnis hat, ausgerechnet der Name Shakespeare ist auf einem verwitterten Straßenschild kaum noch zu entziffern, und davor ist der Hund nur durch seine Ausdauer beim Warten und durch seine Störrischkeit oder Dummheit beim Nichtvollbringen eines Kunststücks aufgefallen. Er überspringt zwar Hindernisse, wenn es denn echte Hindernisse sind, es ist ihm aber um nichts auf der Welt beizubringen, über einen Stock zu springen, der ihm hingehalten wird, er kriecht drunter durch oder feiert es sogar als Erfolg, wenn sein Herr ihn schließlich entnervt am Nacken packt und drüberschleudert, nur springen will er partout nicht.

Von sprechenden Hunden halte ich nicht viel, aber könnte er sprechen, würde er sicher nicht sagen: »Ich bin kein Künstler«, sondern vielleicht: »Das ist keine Kunst«, und so seine Weigerung, zu springen, erklären. Sein Drunter-durch-Kriechen oder sein Sich-drüber-schleudern-Lassen ist auch keine, und es wäre genausowenig eine Kunst, bei höher gehaltenem Stock zu springen. Es wäre keine, drüberzukommen, wie hoch auch immer er gehalten würde, vielleicht eine Leistung, und natürlich wäre es auch keine Kunst, zu scheitern und den Stock zu reißen, wie viele glauben, die Scheitern für die größte aller Künste halten, seit sie einmal gehört haben, dass man höher scheitern, größer scheitern, weiter scheitern kann, und dieses künstlerische Scheitern als Entschuldigung für jedes kleine eigene Scheitern nehmen. Keine Kunst wäre es auch, den Stock aufzufressen oder den Herrn zu verbellen, der den Stock hält, oder ihn womöglich sogar ins Bein zu beißen und in die Flucht zu schlagen, wenn er mit dem Unsinn nicht aufhört. Nein, Kunst wäre es keine, aber sicher eine Möglichkeit, ein Anfang, vielleicht sogar die Bedingung von Kunst, und wirklich Kunst wäre dann, der Hund zu sein und ohne Stock zu springen, womit sich auch die leidige Frage nach dem Künstler erledigt hätte.

AUS KANAAN
HINAUS

> Manchmal ist mir wie einem Gladiator im Training,
> er weiß nicht, was man mit ihm beabsichtigt,
> aber nach dem Training zu schließen, das man ihm auferlegt,
> wird es vielleicht ein großer Kampf werden vor ganz Rom.
> FRANZ KAFKA IN EINEM BRIEF AN MAX BROD

Das Schloß von Franz Kafka zu lesen oder überhaupt etwas von diesem Autor zu lesen, als gäbe es die ganze Rezeptionsgeschichte nicht, kann bald hundert Jahre nach seinem Tod noch dem naivsten Leser kaum gelingen. Zu stark ist die Definitionskraft des Werkes, zu stark auch die Vorstellung dessen, was ein Schriftsteller ist oder was er sein könnte, von seiner Person geprägt, zumindest ein bestimmter Typus Schriftsteller, als dass nicht jeder nur ein bisschen Interessierte in irgendeiner Form davon gehört hätte. In Kafkas eigenen Worten ist dieser Typus Schriftsteller »der Sündenbock der Menschheit, er erlaubt den Menschen, eine Sünde schuldlos zu genießen, fast schuldlos«.

Neben dem vielstrapazierten Begriff »kafkaesk« müsste es längst ein nach Kafka benanntes Verfahren der Herstellung von Paradoxien geben. Es müsste eine Kafka'sche Zahl wie die Euler'sche Zahl oder die Zahl Pi geben, die den ganz eigenen Brechungswinkel bestimmt, unter dem sein Blick die Wirklichkeit verrückt, sowie einen eigenen Kafka'schen Gefühls- und Seinszustand, der diese Mischung aus Höflichkeit, Scham,

Pedanterie, Zwanghaftigkeit und Zurücknahme der eigenen Person bis zur Selbstauslöschung bei gleichzeitiger unbedingter Integrität im Umgang mit sich und der Welt beschreibt. Selbst das paradoxe Ideal des nicht schreibenden oder vielmehr nicht publizierenden Autors – denn »ein nicht schreibender Schriftsteller ist allerdings ein den Irrsinn herausforderndes Unding« – als höchste Existenzstufe jedes Schreibenden mag immer schon eine romantische Vorstellung gewesen sein, ist aber am Ende am stärksten von Kafka besetzt.

Kafka ist der wohl am meisten heiliggesprochene Autor der Literaturgeschichte und daneben einer der wenigen, die alle Heiligsprechungen unbeschadet überstanden haben. Dabei findet sich nicht so leicht eine andere Autorenbiografie, an der sich die ebenso heilende wie heillose und unheilvolle Wechselwirkung zwischen Leben und Kunst drastischer aufzeigen ließe, die Ambivalenz zwischen einer unaufhörlichen Sehnsucht nach dem Leben und der ständigen Angst davor. Man kann Kafka lesen mit dem Wunsch, ihn vor sich selbst in Schutz zu nehmen, vor dem Prozess, den er gegen sich führt, vor dem Urteil und dem Schuldspruch eines nicht gelebten Lebens, den er am Ende gegen sich erhebt, als würde ihn nicht genau die Vorstellung von einem gelebten Leben jedesmal den Atem rauben und das Leben unmöglich machen, weil sie ihm das Schreiben unmöglich macht. Und man kann Kafka *nicht* lesen, ohne ihn vor der allzu schnellen Beschlagnahme durch all die Mühseligen und Beladenen, all die Missverstandenen dieser Welt in Schutz nehmen zu wollen, die in ihm ihren Sprecher gefunden zu haben glauben und seinen Fall zu ihrem machen und sich damit für alle eigenen Unzulänglichkeiten exkulpieren.

KLARHEIT UND SEHNSUCHT

Die Rollen sind für immer festgelegt: Kafka, der in seinem Lebenswillen, in seinem Lebenwollen frustrierte Sohn, Kafka und seine nachgeborenen Söhne dominanter Väter, Kafka, der »Heiratsschwindler« wider Willen, Kafka und die Frauen, Kafka und all die Kafka-Versteher und Kafka-Frauen-Versteher. So viel ungelebtes Leben, wie ihm manchmal – wieder in einer paradoxen Fügung – als höhere Seinsform eines wirklich und ernsthaft und, ja, *rein* gelebten Lebens aufgebürdet wird, kann niemand, kann nicht einmal er tragen, so dass man sich unwillkürlich dabei ertappt, Äußerungen über unhinterfragte Momente, Äußerungen des Glücks in seinem Schreiben gegen die Gemeinde seiner Bewunderer in Stellung zu bringen, die ihm am liebsten noch das letzte bisschen Leben rauben würden. Es gibt nicht viele solche Stellen, aber es gibt sie, es gibt sie in den Briefen, und es gibt sie in den Tagebüchern, Bilder eines rudernden, eines Schlitten fahrenden, eines durch den Schnee spazierenden und einmal sogar eines Champagner trinkenden Kafka, wenn auch nur als schwache Zeugnisse gegen die ewige Ikone des Duldens und Leidens: »Bin schon gerodelt, werde es vielleicht sogar mit den Skiern versuchen.«

Am Ende ist es ohnehin nur mehr der Schmerz des »Zu spät« und die traurige Sehnsucht eines zum Erschrecken Vereinzelten, der nach dem Leben dürstet. »Die Einsamkeit, die mir zum größten Teil seit jeher aufgezwungen war, zum Teil von mir gesucht wurde – doch was war auch dies anderes als Zwang –, wird jetzt ganz unzweideutig und geht auf das Äußerste«, schreibt der noch nicht Vierzigjährige am 16. Januar 1922 etwa zur Zeit des Beginns der Niederschrift des *Schloß* in sein Tagebuch – und weiter: »... die Jagd geht durch mich und zerreißt mich.« Fast zehn Jahre davor hatte es sich in einer »Zusammenstellung alles dessen, was für und gegen meine Heirat spricht«, noch angehört wie ein äußerst selbstbewusstes, fast zum Heroischen neigendes Programm: »Ich muß viel allein sein. Was ich geleistet habe, ist nur ein Erfolg des Alleinseins.« Und nur drei Tage darauf, am 19. Januar, folgt die für einen, der sich ganz und gar seiner Kunst verschrieben hat, erschreckende Bemerkung: »Sisyphus war ein Junggeselle«, und noch einmal fünf Tage später das Fazit: »Mein Leben ist das Zögern vor der Geburt.«

Danach die Sehnsucht, die Mädchen, die Blicke, zuerst in einer Ausstellung am 7. April: »Märchenprinzessin ... Nacktes Mädchen ... Sitzendes Bauernmädchen«, dann im wirklichen Leben: »Gestern Makkabimädchen in der ›Selbstwehr‹-Redaktion« am 27. April, »Das kleine, schmutzige, bloßfüßige laufende Mädchen im Hemdkleidchen mit wehendem Haar« am 20. Mai, »Das Mädchen in der Stalltür des verfallenen Hofes ... mit ihren starken Brüsten, unschuldig-aufmerksamer Tierblick« am 27. Juli, mögliche Freundinnen vielleicht, die nie gehabten Töchter – und keine zwei Jahre mehr zu leben: »Mein Leben lang bin ich gestorben und nun werde ich wirklich sterben.«

Die Vorstellung von Franz Kafka als Fünfzigjährigem, wenn er da noch gelebt hätte, die Vorstellung von Franz Kafka als gefeiertem Autor der Romane *Amerika*, *Der Prozeß* und *Das Schloß* im Jahr 1933 (so er sich schließlich doch entschieden hätte, die Manuskripte fertigzustellen und zu Lebzeiten zu veröffentlichen), ausgewandert eher nach Palästina als nach New York, aber vielleicht auch nach New York, ein jüdischer Schriftsteller, der sich entschieden hat, fortan nicht mehr auf deutsch zu schreiben, der größte Schriftsteller deutscher Sprache, der jetzt auf hebräisch schreibt oder meinetwegen auf tschechisch oder englisch – ist vielleicht eine schöne, vielleicht kitschige, aber jedenfalls gleich mehrfach sinnlose und wahrscheinlich auch obszöne Vorstellung, wenn man weiß, dass Kafkas Schwestern in den tausend Jahren des Dritten Reichs ermordet worden sind.

Das Schloß beginnt mit der Festlegung einer Topografie und ihrer gleichzeitigen Auslöschung: »Es war spätabends, als K. ankam. Das Dorf lag in tiefem Schnee. Vom Schloßberg war nichts zu sehen, Nebel und Finsternis umgaben ihn, auch nicht der schwächste Lichtschein deutete das große Schloß an.« Der Ort ist schnell bestimmt mit zwei Gasthäusern, dem Brückenwirt, in dem der Landvermesser in der ersten Nacht unterschlüpft, und dem Herrenhof, in dem die Beamten, Diener und Knechte des Schlosses absteigen und in dem zu nächtlicher Stunde Amtsgeschäfte oder eher wohl Verhöre geführt werden. Dazu kommen eine Schule und ein paar Innenräume – und schon beginnt das paradoxe, perverse, das schikanöse Spiel für den zugereisten Landvermesser, der ins Schloss will, um sich in seinem Auftrag bestätigen zu lassen, und zwar einen Brief aus dem Schloss erhält, bald aber auch beschieden bekommt, dass kein Landvermesser erwartet wird.

Es ist eine abweisende, hinterhältige, sich belauernde Dorfgesellschaft, in die er geraten ist, und Kafka findet immer neue Wege, alle Hoffnungen, die der Landvermesser hat, vom Schloss wirklich gehört zu werden, zunichte zu machen. Das Perfide daran ist, dass jede Hoffnung in ihrer Enttäuschung eine neue, kleinere Hoffnung gebiert, jede ausgeschlossene Möglichkeit eine neue, kleinere Möglichkeit, ans Ziel zu gelangen, ja, erlöst zu werden, nur um am Ende, wenn alles durchgespielt ist und wenn vermeintlich alle Eventualitäten bedacht sind und dann doch immer neue Eventualitäten gefunden werden, die noch zu bedenken wären, den Beweis der Unmöglichkeit um so deutlicher zu führen. Es wird alles dekliniert, konjugiert, iteriert und permutiert, was die Gesetze der Logik an Argumenten für eine Sache zulassen – und über die Gesetze der Logik hinaus. »Die Logik ist zwar unerschütterlich«, heißt es schon ganz am Ende des *Prozeß*, »aber einem Menschen, der leben will, widersteht sie nicht.«

Also gilt für Kafka das »Tertium non datur« nicht, nach dem immer eine Aussage oder ihr Gegenteil wahr ist und jede weitere Möglichkeit ausgeschlossen werden kann. Bei ihm gibt es zu zwei sich widersprechenden Möglichkeiten immer noch eine dritte, vierte und fünfte Möglichkeit, man muss nur in die Fußnoten des Lebens gehen, nur ins Kleingedruckte der menschlichen Beziehungen, wo noch ein Funken Hoffnung aufflackert, der dann um so gründlicher ausgetreten wird. Wie wenig es einen Landvermesser, der von außen kommt, in dieser Welt braucht, wird K. gleich im ersten Kapitel des Romans verdeutlicht: »...Gastfreundlichkeit ist bei uns nicht Sitte, wir brauchen keine Gäste«, und im vierten Kapitel erfährt er eine Abweisung, die in ihrer Explizitheit und Brutalität nicht eindeutiger sein könnte: »Sie sind nicht aus dem Schloß, Sie sind nicht aus dem Dorfe, Sie sind nichts. Leider aber sind Sie doch etwas, ein Fremder, einer, der überzählig und überall im Weg ist, einer, wegen dessen man immerfort Scherereien hat...«, ein Unbekannter, wie man mit Beklemmung feststellt, über den andererseits immer schon alle Bescheid wissen.

Man kann sich fragen, welche Welt das ist, in die der Landvermesser K. mit seinem Initial als Namen da von seinem Au-

KLARHEIT UND SEHNSUCHT

tor gestoßen wird, und ob es dort überhaupt etwas zu vermessen gäbe, wenn man ihn in seinem Auftrag nur ernst nehmen würde und endlich loslegen ließe. Denn beim Lesen wird einem mehr und mehr klar, dass die Welt, in der er sich hin- und herschicken lässt, nur um am Ende weiter von seinem Ziel entfernt zu sein als am Anfang, nicht von dieser Welt ist. Die Welt, die Kafka erschafft, ist nicht eine Welt, in der physikalische Gesetze den Lauf der Dinge bestimmen. Es schneit zwar, es gibt zwar Figuren, die Menschen sind mit einer zu vermutenden Biologie ausgestattet, aber darüber hinaus sind es andere Gesetze, ist es auch nicht Psychologie, ist es nicht Soziologie, es sind mathematisch-logische Gesetze, die diese Welt mit ihren Möglichkeiten und Unmöglichkeiten regieren und ihre Schönheit ausmachen, ihre Klarheit bei aller Düsternis, ihre erschreckende Klarheit oft.

»*Logic's hell!*« erinnert sich Ludwig Wittgenstein in seinen *Vermischten Bemerkungen* an einen von Bertrand Russell in ihren Gesprächen immer wieder getätigten Ausspruch, und er fährt fort: »Der Hauptgrund dieser Empfindung war, glaube ich, das Faktum: daß jede neue Erscheinung der Sprache, an die man nachträglich denken mochte, die frühere Erklärung als unbrauchbar erweisen könnte«, ein Satz, der sich gut als Motto für alle poetologischen Überlegungen zum *Schloß* machen würde. Ja, in Kafkas Welt könnte es einen Himmel geben, es könnte eine Hölle geben, Himmel und Hölle könnten ein und dasselbe sein, aber was es jedenfalls gibt, wenn man sich schon dieser Termini bedient, ist ein ewiges Fegefeuer des Hingehaltenwerdens, Hoffnungschöpfens und wieder Hingehaltenwerdens.

Fragt man sich, was neben dem Schloss und dem Dorf in dieser Welt noch existiert, fragt man sich, wie die Verbindungswege aussehen, wie das Umland, das zu vermessen wäre, fragt man sich, ob es eine äußere Welt, ob es Wege hinaus überhaupt gibt – schließlich ist K. ja von irgendwo hergekommen –, muss man sich, wenn man Kafka konsequent liest, mit dem beunruhigenden Gedanken auseinandersetzen, dass die Welt rundherum, jedenfalls die Welt, wie wir sie kennen, verschwunden ist, um so mehr wegerzählt, je mehr Kafka seine eigene Welt herbeierzählt hat, um dann auch ihr mit Verve zu Leibe zu rücken und sie in ihrer Existenz zu erschüttern. Es gibt in seinem Schreiben – das gilt für den Zwillingsroman *Der Prozeß* ebenso, weniger für *Amerika* – keine oder jedenfalls kaum deutlich erkennbare Realitätssplitter aus der sogenannten wirklichen Welt wie in vielen anderen Romanen. Alles ist Kafkas Sprache, alles ist Kafkas Logik und existiert ohne Kafkas Sprache und Logik gar nicht, weshalb das Fremdeste an diesem sehr fremden, von einem mit unserer Welt wie ein Kind fremdelnden Autor geschriebenen Roman ausgerechnet die beiden realen Ortsbezeichnungen »Südfrankreich« und »Spanien« sind, die darin vorkommen. Mit ihnen verbinden sich Fluchtphantasien, Auswanderungsträume aus der Welt des Schlosses, die aber sogleich wieder ausgelöscht werden: »Auswandern kann ich nicht‹, sagte K., ›ich bin hierhergekommen, um hier zu bleiben. Ich werde hierbleiben.‹«

Das Schloss, das Dorf und daneben eine unendlich weite weiße Fläche, in der ein unaufhörlich fallender Schnee alle Konturen auslöscht, ein schwarzes Loch, das die letzten Lichter verschluckt hat? Wie hat man sich das auszumalen? Es gibt Autoren, bei denen man den Eindruck hat, sie stellten sich den ganzen Raum vor, wenn sie einen Tisch beschreiben und einen Stuhl, auf dem jemand sitzt, sie wüssten genau, wo die Tür ist, wo das Fenster, wo ein Bild an der Wand, selbst wenn sie das alles nicht erwähnen; es gibt andere Autoren, die nur an den Tisch und den Stuhl denken, wenn sie von einem Tisch und einem Stuhl schreiben, und keine Vorstellung davon haben und auch keine Vorstellung brauchen, wo eine Tür sein könnte, wo ein Fenster und wo an der Wand ein Bild, weil sie darauf vertrauen, dass ein Leser das Zimmer nach jeweiligem Bedarf schon selbst möblieren wird – und es gibt Kafka, bei dem man das Gefühl hat, dass es weder Tür noch Fenster noch ein Bild an der Wand geben kann, solange er nicht explizit davon gesprochen hat. Wenn einem nicht früher schon aufgeht, mit welcher Voraussetzungslosigkeit sich dieser Roman seine Welt und die Gesetze, nach denen sie funktioniert, erst erschafft, muss es spätestens bei der Szene sein, in der K. auf seine beiden Gehilfen trifft, die er für den Tag nach seiner Ankunft erwartet – und da hat gerade erst das zweite Kapitel begonnen.

Natürlich sollte er sie kennen, als seine früheren Mitarbeiter, aber sie stellen sich als die für ihn Fremden heraus, die er vorher vom Schloss hat kommen sehen und die weder Messinstrumente dabeihaben noch etwas von Landvermessung verstehen, wie sie freimütig bekennen. »»Wer seid ihr?‹ fragte er und sah vom einen zum anderen. ›Euere Gehilfen‹, antworteten sie. ›Es sind die Gehilfen‹, bestätigte leise der Wirt. ›Wie?‹ fragte K. ›Ihr seid meine alten Gehilfen, die ich nachkommen ließ, die ich erwarte?‹ Sie bejahten es. ›Das ist gut‹, sagte K. nach einem Weilchen, ›es ist gut, daß ihr gekommen seid.‹« Damit ist endgültig ein Schwenk ins Phantastische vollzogen und ein deutlicher Hinweis gegeben, dass es die Welt, aus der sie kommen sollten, entweder gar nicht gibt oder dass sie keine Rolle spielt, weil auch ihre Welt die Welt des Schlosses ist.

DRITTER TEIL

K. hat fortan mit der Anwesenheit der beiden zu leben, die immer schon da sind oder ebenso erwartet wie unerwartet auftauchen können, mit ihrer kompromittierenden Nähe und ihrer vulgären Aufdringlichkeit. Im Wortsinn sind sie natürlich sowieso alles andere als Gehilfen, eher Beobachter, vom Schloss gestellte und dirigierte Wächter, Spitzel, eine ständige Warnung und Drohung. Wenn man den *Prozeß* gelesen hat, denkt man unweigerlich auch an die beiden Gehröcke und Zylinder tragenden Herren, die Josef K. am Ende jenes Romans abholen kommen und in einem Steinbruch abstechen wie ein Stück Vieh, in ihren Umgangsformen vielleicht feiner als die beiden Gehilfen, in ihrer Effektivität als Henker aber nur grausamer, und beginnt um das Leben des Landvermessers K. im *Schloß* zu fürchten. Denn auch für ihn hat längst der Satz Gültigkeit, der den *Prozeß* beschließt: »… es war, als sollte die Scham ihn überleben.«

Der Graf Westwest, der Herrscher über das Schloss, trägt seinen Namen sicher nicht zufällig, vielleicht gerade weil die Kafka'schen »Landschaften« als Himmelsrichtung eher den Osten evozieren, selbst in *Amerika*, selbst in dem dort mit »Das Naturtheater von Oklahoma« überschriebenen Kapitel. Es ist aber nicht er, nicht der Graf, der im *Schloß* die letzte Macht und letzte Unerreichbarkeit repräsentiert, sondern paradoxerweise, was in Kafkas Welt nur *logischerweise* heißt, ein Beamter des Schlosses, Klamm mit Namen, der als Vorstand der X. Kanzlei eingeführt wird – nicht mächtig, möchte man meinen, und doch mächtig genau dadurch, weil neben ihm, hinter ihm und über ihm noch andere stehen müssen und man ahnt, dass selbst sein Gehör zu erlangen, das K. jedoch niemals erlangt, noch gar nichts bedeuten würde. Er kommt ihm nie wieder so nahe wie ganz am Anfang, wo ihn im Herrenhof das Schankmädchen Frieda, das zudem die Geliebte Klamms ist, den im Nebenzimmer schlafenden Klamm durch ein Guckloch betrachten lässt, und noch einmal später, als er glaubt, dass er Klamms Abreise in einer Kutsche nur um ein Haar versäumt hat, und nicht weiß, dass dieses Um-ein-Haar-Versäumen das System ist.

Ein Augenblick der Unaufmerksamkeit, und man kann darauf schwören, dass genau in diesem Augenblick das Entscheidende geschieht, wiewohl gleichzeitig klar ist, dass es sonst vielleicht gar nicht geschehen wäre. Der Beobachter beeinflusst auch in dieser Welt das Beobachtete, genauso wie der Nicht-Beobachter ein Ermöglicher ist, der fürchten muss, dass sich die Welt, während er ihr den Rücken zukehrt, zu seinem Nachteil weiterdreht.

Der Roman ist schon weit fortgeschritten, als der Satz »Es ist hier die Redensart, vielleicht kennst du sie: Amtliche Entscheidungen sind scheu wie junge Mädchen« fällt, auf den K. sagt, das sei eine gute Beobachtung. Da hat man als Leser längst schon allen Grund zuzustimmen, so sehr ist man durch diesen Eventualitäten-Parcours geschleust worden und hat dabei selbst die Beobachtung gemacht, dass in dieser Welt ausgerechnet die jungen Mädchen nicht scheu wie junge Mädchen sind. Wo sonst fast nichts klar ist, ohne dass noch dies und jenes und nach diesem und jenem immer noch Weiteres bedacht werden muss, geht es zwischen den Geschlechtern mit einer Direktheit zur Sache, die einen nur verblüffen kann, sind die auftretenden Frauen oft nicht mehr als Verschubobjekte in den Macht-, Unterdrückungs- und Sich-gegenseitig-eins-Auswischens-Spielen der Männer, Figuren in einem imaginären Schachspiel, die noch unter den Bauern rangieren.

DRITTER TEIL

Es muss dem im realen Leben im Umgang mit Frauen alles andere als forschen Beamten Kafka einen grotesken Spaß gemacht haben, sich ausgerechnet im Beamten mit seiner Beamtenmacht der sukzessiven Verhinderung und Verunmöglichung, der nach jedem Klischee am wenigsten erotischen Erscheinungsform des Menschen, das höchste Objekt weiblicher Begierde auszumalen. Jedenfalls ist es böse Ironie, Sätze zu schreiben wie die folgenden und sie auch noch einer Frau in den Mund zu legen, und sie können nur in einem Roman, wie er *Das Schloß* ist, überhaupt ernst genommen werden als Schilderung einer irrealen und deshalb nach den Gesetzen Kafkas um so realeren Totalität der Verfügbarkeit: »Das Verhältnis der Frauen zu den Beamten ist ... sehr schwer oder vielmehr immer sehr leicht zu beurteilen. Hier fehlt es an Liebe nie. Unglückliche Beamtenliebe gibt es nicht. Es ist in dieser Hinsicht kein Lob, wenn man von einem Mädchen sagt ... daß sie sich dem Beamten nur deshalb hingegeben hat, weil sie ihn liebte«, oder: »Wir aber wissen, daß Frauen nicht anders können, als Beamte lieben, wenn sich diese ihnen einmal zuwenden; ja, sie lieben die Beamten schon vorher, sosehr sie es leugnen wollen ...«

Belege, dass im Umgang der Geschlechter fundamental etwas nicht stimmt, gibt es viele. Die Geschichte des Schankmädchens Frieda könnte eine eigene Binnengeschichte sein, Geliebte Klamms, wie sie selbst stolz kundtut, Geliebte K.s, obwohl sie für ihn als Geliebte eines Beamten unerreichbar sein sollte, schließlich auch noch Geliebte seines Gehilfen, dem an ihr nicht mehr liegt als die eigene Aufwertung als letztes Glied in dieser Reihe: eine ganze Serie von immer neuen Verlust- und Versehrungsgeschäften, auf ihrem Rücken ausgetragen.

KLARHEIT UND SEHNSUCHT

Wie schnell ohne jedes Hin und Her, ohne jede Anbahnung von Liebe gesprochen wird, von ohnmächtiger Liebe gar, kaum dass Frieda und K. sich kennengelernt haben, als wäre genau dieses Wort das einzige, das keiner weiteren Klärung bedürfte, wo sonst alles einer weiteren Klärung bedarf, ist an Direktheit kaum zu überbieten. Wie schnell es zwischen den beiden zum Äußersten kommt, zu einer derben Sexszene auf dem Boden des Ausschanks im Herrenhof, während der ahnungslose Klamm aus dem Nebenzimmer nach Frieda ruft, wirkt ebenso hemmungslos wie vom Autor hemmungslos inszeniert.

Aber nicht nur Frieda, auch die anderen Frauen werden in der Regel mit ihrem ersten Auftreten oder sonst jedenfalls bald danach erotisiert und sexualisiert: die Brückenwirtin, die auch einmal eine Geliebte Klamms gewesen sein soll und immer noch für ihn verfügbar ist, sich immer noch von ihm »rufen« lassen wollte, wenn er sie denn rufen würde; Pepi, die Nachfolgerin Friedas im Ausschank des Herrenhofs, von der es gleich heißt: »Niemals hätte K. Pepi angerührt«, was man nicht aufs Wort glauben sollte, eher schon, was danach folgt: »Aber doch mußte er jetzt für ein Weilchen seine Augen bedecken, so gierig sah er sie an«; und dann auch noch Olga und Amalia, die beiden Schwestern von Barnabas, dem Boten des Schlosses. Olga wird im Herrenhof den Bauern und Knechten zu deren Verlustierung vorgeworfen wie ein Stück Fleisch – Frieda treibt sie zusammen mit ihnen, eine Peitsche in der Hand wie eine Domina, in den Stall –, und nur in der Person von Amalia gibt es einen Widerstand gegen dieses erotische Zwangs- und Instanterfüllungssystem: Sie hat sich in der Vergangenheit den Avancen eines Beamten widersetzt, was wohl das Schlimmste überhaupt ist, das sich eine Frau in dieser Welt herausnehmen kann, und ihre Familie ist seither geächtet, ja, steht unter einem Fluch. Handelte es sich um einen realistischen Roman, könnte man über alldem nur den Kopf schütteln, aber auch in einem phantastischen Roman wie *Das Schloß* ist es das Grauen.

Indessen helfen alle Instrumentalisierungen ohnehin nicht, Frieda oder eine der anderen Frauen für eine Annäherung an das Schloss in Anspruch zu nehmen, und die Romanhandlung nimmt unerbittlich ihren Fortgang, trägt den Landvermesser K. nur immer weiter vom Schloss weg, je mehr er sich ihm anzunähern versucht. Er hat mit dem Dorfvorsteher zu tun, er hat mit Sekretären Klamms zu tun, er hat mit Leuten zu tun, die in irgendeiner Verbindung zum Schloss stehen oder von denen er sich das wenigstens erhofft und die diese Verbindung sofort bestreiten oder jedenfalls so weit abschwächen würden, dass daraus nichts Konkretes folgen kann, sollte er ihnen zu nahe rücken. Existiert das Schloss überhaupt? Existiert Klamm überhaupt?

Zweifel sind berechtigt, und das konsequente Betrachten von immer neuen Alternativen beziehungsweise das Ausdenken und Erfinden von solchen, wenn es längst keine mehr zu geben scheint, bringt nicht nur K. an die Grenze seiner Möglichkeiten, sondern den Roman selbst. Wenn es etwa von Klamm heißt: »Er soll ganz anders aussehen, wenn er ins Dorf kommt, und anders, wenn er es verläßt, anders, ehe er Bier getrunken hat, anders nachher, anders im Wachen, anders im Schlafen, anders allein, anders im Gespräch und, was hiernach verständlich ist, fast grundverschieden oben im Schloß«, so liest sich das wie ein Anschlag auf das Erzählen und auf die Freiheiten des Erzählens. Denn nur einen Schritt weiter droht die Beliebigkeit eines automatischen Iterationsverfahrens, dem jede Situation unterworfen wird: so oder so oder vielleicht anders oder vielleicht doch nicht, vielleicht doch so.

Die Frage, ob *Das Schloß* ein gelungener Roman ist oder ob es bei seinem immer weiter variierten »Es war freilich noch bei weitem nicht genug erklärt und konnte sich schließlich noch ins Gegenteil wenden ...«, wie es an einer Stelle heißt, ein gelungener Roman geworden wäre, wenn Kafka ihn beendet hätte, nimmt ihm nichts von seiner Größe. Ich spreche nicht von dem, was gemeinhin als Scheitern auf hohem Niveau bezeichnet wird, das hohe Niveau steht außer Frage, ich spreche vom Scheitern des Helden angesichts eines übermächtigen Systems, das sich ihm immer mehr entzieht, je mehr er seinen Platz darin zu finden trachtet, und das im Roman seine Abbildung finden muss. K.s Anstrengungen, ins Zentrum zu gelangen, haben immer neue Streuungen vom Zentrum weg in immer größeren Radien zur Folge – Verausgabung als Prinzip also, nicht Konzentration, was konsequent ist, für einen Roman aber eine schwierige Aufgabe darstellt. Manchmal liest sich *Das Schloß* wie ein Versuch, das Unendliche in einer zwar endlichen, aber jederzeit beliebig erhöhbaren Anzahl von Schritten einzufangen, und es muss in diesem Anspruch natürlich eine gefährliche Grenze berühren.

Im vorletzten Kapitel des Romans gibt es eine Szene, in der K. im Herrenhof zu nächtlicher Stunde auf dem Gang der Verhörzellen eine falsche Tür öffnet und so statt auf den erwarteten Sekretär Klamms auf einen ihm unbekannten Verbindungssekretär stößt, der ihm in einem langen Monolog die Probleme, die es in der Welt der Beamten und Sekretäre gibt, auseinanderzusetzen beginnt. K. hört ihm erschöpft zu, und dann heißt es bald einmal: »K. hatte schon ein kleines Weilchen in einem halben Schlummer verbracht ...«, und wenige Seiten weiter: »K. nickte lächelnd, er glaubte jetzt, alles genau zu verstehen; nicht deshalb, weil es ihn bekümmerte, sondern weil er nun überzeugt war, in den nächsten Augenblicken würde er völlig einschlafen ... Klappere, Mühle, klappere, dachte er, du klapperst nur für mich.« Bei einem geringeren Autor als Kafka – und vielleicht auch bei ihm – könnte man einen ironischen Selbstkommentar darin sehen, einen Immunisierungsversuch, den resignierten Hilfeschrei eines Schreibenden, der sich so sehr in sein Labyrinth verstrickt hat, dass er nicht mehr weiterweiß, weder einen Ausweg daraus findet, noch eine Idee hat, es in die Luft zu sprengen, und deshalb als bis zur Bewegungslosigkeit Gefesselter nur mit seinen Verstrickungen fortfahren kann, bis selbst die zum Stillstand kommen.

Laut Max Brod hatte Kafka als Ende des Romans geplant, dass der Landvermesser K. vor Entkräftung stirbt und vor seinem Tod noch die Botschaft aus dem Schloss bekommt, dass er immerhin die Erlaubnis habe, im Dorf zu leben, eine typische Kafka'sche Volte der Vergeblichkeit, aber mir hat sich beim Lesen noch ein anderes Ende in diesen geradezu irrlichternden Versuchen, ins Schloss zu kommen, aufgedrängt, vielleicht noch kafkaesker, um das Wort jetzt doch einmal zu verwenden, als das von Kafka selbst geplante. Der Landvermesser K. könnte vor seinem Tod erfahren, dass alles ein Missverständnis ist, dass er der Falsche war und dass sich ein anderer Landvermesser auf der Anreise befindet, der seine Dienste übernehmen soll, oder das Schloss, das er buchstäblich belagert hat, könnte sich als das falsche Schloss herausstellen, als das nicht für ihn vorgesehene, und das für ihn vorgesehene läge ganz in der Nähe, er brauchte nur hinzugehen, er würde dort schon erwartet.

KLARHEIT UND SEHNSUCHT

So hätte man eine Situation wie in Kafkas Erzählung »Vor dem Gesetz«, die Kafka-Situation vielleicht überhaupt, wo ein Mann vom Land zu einem Türhüter kommt und diesen vergeblich um Eintritt in das Gesetz bittet. Er setzt sich neben die Tür, und es vergehen Tage und Jahre, wie es heißt, in denen er viele Versuche unternimmt, eingelassen zu werden, bis er sich schließlich vor seinem Tod, schon alt und schwach, ein letztes Mal an den Türhüter wendet und wissen will, wieso in all den Jahren sonst niemand Einlass verlangt habe, wo doch alle nach dem Gesetz streben. »Der Türhüter erkennt, daß der Mann schon an seinem Ende ist, und, um sein vergehendes Gehör noch zu erreichen, brüllt er ihn an«, heißt es dann, und das ist, was er brüllt: »Hier konnte niemand sonst Einlaß erhalten, denn dieser Eingang war nur für dich bestimmt. Ich gehe jetzt und schließe ihn.«

Das Gesetz also? Will auch der Landvermesser in das Gesetz? Und warum will er, warum sollte er überhaupt wollen, wenn sich das Gesetz, wenn sich das Schloss und alles mit dem Schloss Zusammenhängende so abweisend und grausam gegen ihn verhalten?

Es bedeutet keine geringe Erschütterung, beim Lesen des Romans wahrnehmen zu müssen, dass K. auf jede Zurückweisung, auf jede Demütigung mit nur um so größerer Unterwerfung unter die Gegebenheiten reagiert. Schließlich hat man den Eindruck, er würde alles tun, er würde alles hinnehmen, nur um nicht den letzten Kontakt oder auch bloß die letzte Hoffnung auf Kontakt zum Schloss zu verlieren, und sei es durch den Stellvertreter eines Stellvertreters eines Stellvertreters repräsentiert. Der schmerzlichste Schluss aus dem *Schloß* ist vielleicht der, dass K. ohne menschliche Zusammenhänge nicht leben kann. Selbst wenn sie sich nur als menschengemacht und in Wirklichkeit unmenschlich herausstellen, strebt er danach, Teil von ihnen zu sein, weil noch das Schlechteste unter den Menschen besser zu sein scheint, als ganz und gar außerhalb der menschlichen Gesellschaft zu stehen, ohne Anerkennung zu leben, ja, für die anderen gar nicht zu existieren. Wird Josef K. im *Prozeß* noch von einem unmenschlichen System verfolgt, drängt K. im *Schloß* sich einem ebenso unmenschlichen System auf, weshalb *Das Schloß* auch der teuflischere von diesen beiden teuflischen Romanen ist. Denn er macht in all seinen Paradoxien als äußerste Paradoxie vorstellbar, dass es eine Sehnsucht nach der Hölle geben kann.

Franz Kafka, noch einmal seine eigene Stimme, schreibt im Jahr 1922, dem Jahr der Niederschrift des *Schloß*, Sätze wie die folgenden in sein Tagebuch: »Ohne Vorfahren, ohne Ehe, ohne Nachkommen, mit wilder Vorfahrens-, Ehe- und Nachkommenslust. Alle reichen mir die Hand: Vorfahren, Ehe und Nachkommen, aber zu fern für mich« etwa, oder: »Ich bin vierzig Jahre aus Kanaan hinausgewandert«, oder: »Aber auch die Anziehungskraft meiner Welt ist groß, diejenigen, welche mich lieben, lieben mich, weil ich ›verlassen‹ bin ...«, oder: »Dankbarkeit und Rührung« – über die Mutter –, »weil ich sehe, wie sie mit einer für ihr Alter unendlichen Kraft sich bemüht, meine Beziehungslosigkeit zum Leben auszugleichen«, oder: »Zu spät wahrscheinlich und auf eigentümlichem Umweg Rückkehr zu den Menschen«, und schließlich: »In meiner Kanzlei wird immer noch gerechnet, als finge mein Leben erst morgen an, indessen bin ich am Ende.«

Keine biografische Lesart, aber wir sehen in diesen Aufzeichnungen den Autor des *Schloß*, wie er sich selbst sieht, und er sieht sich als ganz und gar Vereinzelten, ja, Verlassenen. Der K. des *Schloß* ist genausowenig Franz Kafka, wie es der Josef K. des *Prozeß* ist – dazu ist in beiden Romanen allein schon die Lust am Ästhetischen zu groß –, aber mit diesen zwei Figuren hat Kafka sich Brüder erschaffen, in denen sich seither ganze Lesergenerationen wiedererkennen, und sie in eine Welt gesetzt, in der wir gerade in ihrer Abstraktheit unsere Welt sehen. Sosehr die Figuren aus der Vergangenheit zu kommen scheinen, so sehr sind sie in der jeweiligen Gegenwart mehr noch Sendboten der Zukunft, und deshalb haftet den Konstrukten Kafkas eine Eigenschaft an, die selbst für Klassiker nur in ganz seltenen Ausnahmefällen gilt: Sie altern nicht, haben bei all ihren Schrecken die Schönheit und Gültigkeit von mathematischen Formeln, die ewige Schönheit der Jugend.

Das Wiedergängerische dieses ungleichen Zwillingspaares der beiden K. – Josef K. im *Prozeß* und K. im *Schloß* – muss Kafka indes bewusst gewesen sein genauso wie die Tatsache, dass er solche Welten nicht kreieren kann, ohne dass sie unmittelbar auf die Welt, in der er lebte, zurückwirken. »Trotzdem ich dem Hotel deutlich meinen Namen geschrieben habe, trotzdem auch sie mir zweimal schon richtig geschrieben haben, steht doch unten auf der Tafel Josef K.«, schreibt er am 27. Januar 1922 in seiner Unterkunft in Spindelmühle, wohin er sich für ein paar Wochen zur Erholung und zur Arbeit, die dann die Arbeit am *Schloß* sein wird, zurückgezogen hat. »Soll ich sie aufklären oder soll ich mich von ihnen aufklären lassen?«

DAS »O«
BEI HÖLDERLIN

Nach wochenlanger Hölderlin-Lektüre habe ich endlich Ben Lerners Essay *The Hatred of Poetry* gelesen, um vielleicht etwas zu finden, das mir all das Nicht-Verstandene zumindest ein bisschen erklärt. Darin gibt es den, wie ich glaube, bezwingenden und nahezu tautologischen Gedanken, dass jedem Gedicht das Scheitern eingeschrieben sei allein wegen des unmäßigen Anspruchs, der an das Gedicht gestellt werde und den das einzelne Gedicht nie einlösen könne, oder anders gesagt: Die Unmöglichkeit eines Gedichts ist die Bedingung seiner Möglichkeit. Wie auch immer man es definieren mag, als einen Versuch des Dichters, ins Transzendente vorzustoßen, als höchste Form des Selbstgesprächs, in dem sich der Mensch seiner Menschlichkeit bewusst wird, als politischen Sprengsatz, der die Welt verändert, es ist mit diesem Anspruch zum Scheitern verurteilt, so Ben Lerner.

Das Problem ist durch Virtuosität nicht aus der Welt zu schaffen. Denn der Befund ist eindeutig: »*Poetry isn't hard, it's impossible*«, was den Dichter zu einer »tragischen Figur« macht und das Gedicht immer zu einem »Ausweis seines Versagens«: »*The poet, by his very claim to be a maker of poems, is therefore both an embarrassment and accusation.*« Die Vorstellung von einem idealen Gedicht, das ein Dichter vielleicht gerade noch im Traum aufsagen könnte, lässt jede Realisierung schal erscheinen, und deshalb kann die äußerste Liebe zur Dichtung nur aufrechterhalten werden mit einer »platonischen Verachtung« für das einzelne Gedicht.

Natürlich haben die Dichter Strategien entwickelt, um diesem Paradoxon zu entkommen. Die einfachste ist das Eingeständnis samt dem Versuch, dieses Eingeständnis fruchtbar zu machen: »Ich weiß, dass die Welt viel größer und schöner und viel kleiner und niederschmetternder ist, als ich je mit Worten sagen könnte, aber wenn ihr mir trotzdem zuhören wollt ...« Es ist in der Prosa im übrigen nicht anders: Man schreibt einen Roman allemal entspannter, wenn man sich selbst beschwichtigt, dass es nicht dieser Roman sei, in dem man die Literatur neu erfinde, sondern der nächste oder übernächste, in dem es dann um alles gehen werde, eine immense Erleichterung, ein Freibrief, dann doch wieder an dem Roman zu arbeiten, an dem man gerade arbeitet und der am Ende nicht mehr ist als eben wieder nur ein Roman und also eine Enttäuschung.

Andere Auswege sind die in das Genialische oder vielleicht nur in den Kitsch des vermeintlich Genialischen, in den Wahn oder in das Verstummen, die nicht sauber voneinander zu scheiden sind. Es gibt immer noch romantische Köpfe, in denen die Vorstellung herumspukt, der höchste Punkt dichterischer Integrität sei erst dann erreicht, wenn man irgendwann die empfundene Differenz respektiere, mit dem Dichten aufhöre und sein ganzes Sinnen und Trachten auf das Schweigen lege. Die letzte Konsequenz wäre der Selbstmord, der sich dann wieder zu einem Freitod verklären ließe, weil ein Dichter sich natürlich nicht einfach umbringt wie jemand, der keine Wahl hat, sondern sein Ende selbstverständlich wählt und mit der Wahl veredelt. Oder man lässt sich auf eine Weise auf das Spiel mit dem Unendlichen ein, das mit endlichen Mitteln nicht zu gewinnen ist, dass man dafür sein eigenes Seelenheil verkauft, nicht der erste und nicht der letzte Doktor Faustus, und muss mit der Befürchtung leben, »daß es mir nicht geh' am Ende, wie dem alten Tantalus, dem mehr von Göttern ward, als er verdauen konnte«.

Das schreibt Hölderlin vor seinem Aufbruch zu einer Fußreise nach Bordeaux im Dezember 1801, wo er eine Hauslehrerstelle antreten soll und von der er nicht einmal ein halbes Jahr später wieder zurückkehrt, an seinen Freund Casimir Ulrich Böhlendorff: Tantalus also, in der Selbstwahrnehmung schon vor seiner Abreise, der sich an den Tisch der Götter gedrängt hat und dafür von ihnen in den Hades gestoßen wird. Man weiß nicht, was Hölderlin in Frankreich widerfahren ist, aber sein Zustand bei der Rückkehr ist besorgniserregend, Freunde sprechen von seinem verwahrlosten Äußeren und machen sich Gedanken über seine allgemeine Erschöpfung und Niedergeschlagenheit, eine nicht mehr übersehbare Zäsur in seinem Leben, ein Bruch vor dem endgültigen Zusammenbruch, auf den er da schon zuzusteuern scheint.

Man weiß auch nicht, was er dort gesehen hat, weil er sich darüber nicht auslässt, man weiß stattdessen, was er sehen wollte. Das kann man in einem anderen Brief an Böhlendorff finden, geschrieben ein paar Monate nach seiner Rückkehr, und es ist ein Blick in Hölderlins Wunsch- und Phantasie- und Inspirationswelt, die Welt der Antike, des alten Griechenland, die er ausgerechnet in Bordeaux, am anderen Ende des Kontinents, entdeckt haben will: »Das Athletische des südlichen Menschen, in den Ruinen des antiquen Geistes, machte mich mit dem eigentlichen Wesen der Griechen bekannter; ich lernte ihre Na-

KLARHEIT UND SEHNSUCHT

tur und ihre Weisheit kennen, ihren Körper, die Art, wie sie in ihrem Klima wuchsen, und die Regel, womit sie den übermüthigen Genius vor des Elements Gewalt behüteten …«, schreibt er. »Der Anblick der Antiquen hat mir einen Eindruk gegeben, der mir nicht allein die Griechen verständlicher macht, sondern überhaupt das Höchste der Kunst …«

In seinem luziden Buch *Hölderlins Geister* unternimmt Karl-Heinz Ott es, diese Griechenlandsehnsucht durch eine Realitätsprüfung zu dekonstruieren. Natürlich reicht es nicht, sich auf eine Welt zu beschränken, die alles ist, was der Fall ist, aber es schadet bei den Hölderlin'schen Höhenflügen nicht, eine sichere Verbindung mit der Wirklichkeit herzustellen. Das Ott'sche Ernüchterungsprogramm beginnt mit Thomas Jefferson, dem Verfasser der amerikanischen Unabhängigkeitserklärung und dritten Präsidenten der Vereinigten Staaten, der sich ein paar Jahre vor Hölderlin in Bordeaux aufhält und dort nicht den alten Griechen begegnet, sondern sich für die Winzerei interessiert und nicht genug detaillierte Kenntnisse über die Kunst des Weinbaus sammeln kann. »Die in endlosen Reihen gepflanzten Rebstöcke misst er mit dem Meterstab: Sie sind 3 1/2 Fuß hoch, die Trauben fangen ungefähr 1 1/2 Fuß über dem Boden an zu wachsen«, schreibt Ott voll Vergnügen an der Konkretion, und man weiß, dass er nicht nur vom Weinbau spricht, wenn er zum Fazit kommt: »Das alles muss [Thomas Jefferson] wissen, um ausrechnen zu können, was es heißt in Amerika Wein anzubauen.«

Enden tut das Ganze mit einer ebenso beklemmenden wie aufschlussreichen Anekdote über Martin Heidegger, dem Griechenland- und Hölderlin-Begeisterten. Der hat sich nach jahrelangem Widerstand Anfang der sechziger Jahre von seiner Frau zu einer Ägäis-Kreuzfahrt überreden lassen und die Landgänge zuletzt nur noch widerwillig mitgemacht. Zu sehr hat ihm das moderne Griechenland mit seinen (nicht-touristischen) Griechen und touristischen Nicht-Griechen, die so wenig mit den mythischen Heroen zu tun haben, den Blick auf die Antike verstellt.

Was also tun mit der Größe und dem Heroismus und den Göttern und Helden, dem hehren Gesang, von dem einem anhaltend schwindlig werden kann, so tief ist die Klage, in falschen, gottlosen Zeiten zu leben, und es gelte, die Götter buchstäblich wieder herbeizusingen im Gesang des Gedichts? Mitten in der Nacht auf einer Autobahn und Bruno Ganz im Ohr, der Gedichte Hölderlins liest, seine weiche, einschmeichelnde Stimme ... Mitten in der Nacht auf einer anderen Autobahn mit Jens Harzer und *Hyperion*, wieder eine zärtliche, diesmal jugendliche, schmachtend melancholische Stimme, die Stimme eines griechischen Jünglings, will man im Taumel schon denken, die einen in ihrer Klage über das Apodiktische hinweghören lässt, bis man dann doch nicht mehr weghören kann, weil sich in dem Sermon immer wieder eine herrische Ablehnung der Wirklichkeit Bahn bricht, die sich nicht gemäß den Wünschen des Sängers verhält, mitten in der Nacht auch Sätze wie diese, Sätze, das wäre die unzulässige und sich dann doch aufdrängende biografische Interpretation, von einem Dichter, der zuwenig Anerkennung bekommt: »Der Gott in uns, dem die Unendlichkeit zur Bahn sich öffnet, soll stehn und harren, bis der Wurm ihm aus dem Wege geht? Nein! nein! Man frägt nicht, ob ihr wollt! Ihr wollt ja nie, ihr Knechte und Barbaren! Euch will man auch nicht bessern, denn es ist umsonst! man will nur dafür sorgen, daß ihr dem Siegeslauf der Menschheit aus dem

Wege geht. O! zünde mir einer die Fackel an, daß ich das Unkraut von der Heide brenne! die Mine bereite mir einer, daß ich die trägen Klötze aus der Erde sprenge!«

Figurenrede, gewiss, und Hyperion wendet sogleich beschwichtigend ein: »Wo möglich, lehnt man sanft sie auf die Seite ...«, will sagen, man muss ja nicht gleich zu äußerster Gewalt greifen, aber doch ist da diese Dauerüberhitzung bei gleichzeitiger Kälte durch Abstraktion. Würden Statuen so sprechen, wenn man sie im alten Griechenland mit einem Zauberstab in Bewegung setzen könnte, und haben die Götter Hölderlins nicht auch etwas Roboterhaftes, denen die Menschen immerhin voraushaben, dass sie sich umbringen können, so Plinius der Ältere, so Karl-Heinz Ott?

Mitten in der Nacht dann wieder auf einer anderen Autobahn Heidegger mit Heideggers Stimme, der über Hölderlin spricht und auf dessen Begriffsgebäude sein eigenes Gebäude wuchtet, einen bis in den Himmel ragenden Turm von Babel errichtet über seinem postulierten Geviert aus Himmel und Erde, Menschen und Göttern, in dem sich alles abspielt. Es ist die Aufnahme einer Rede, die er am 18. Januar 1960 in der Neuen Aula der Uni Heidelberg gehalten hat, mit dem Titel »Hölderlins Erde und Himmel«. Beim Zuhören driftet meine Wahrnehmung immer wieder ab, und ich bin mehr und mehr damit beschäftigt, mir das Publikum vorzustellen, das ihn dabei beobachtet, wie er sich selbst in diese Welt hinaufschraubt, Titan unter Titanen.

Die Frage ist nicht, ob man das verstehen kann, auch nicht, ob er es selbst verstanden hat, sondern vor allem, was für eine Chuzpe es braucht, mit Begriffen zu jonglieren, die sich bei der ersten Nachfrage als ungedeckte Wechsel herausstellen würden, die irgendwo in den Lüften leicht verfliegen. Als wäre nicht unüberhörbar, welche Probleme sie bereiten, wenn man sie der Wirklichkeit aussetzt und in der Wirklichkeit mit Sinn zu füllen versucht. Man müsste manche Wörter durch mathematische Symbole ersetzen, hier ein »x« oder ein »y« für eine erst noch zu bestimmende Variable, da und dort und im Grunde genommen an allen Ecken und Enden das Unendlichkeitszeichen, die auf dem Bauch liegende, in ewige Anbetung verfallene Acht.

Ben Lerner beschreibt am Schluss seines Essays, wie er als Kind Wörter aufgeschnappt und, ohne sie zu verstehen, dann wild in jeder möglichen und unmöglichen Situation zur Anwendung gebracht und dabei die Erfahrung gemacht hat, dass er damit nie vollkommen falschlag. Man hat sich dabei eine andere Art von Spracherwerb zu denken. Ein Kind äußert ein Wort, und die Erwachsenen geben sich Mühe, einen Weltzusammenhang herzustellen, in dem die Äußerung des Wortes Sinn ergibt. Das nennt Ben Lerner dann Poesie, aber es ist nicht nur Poesie, es ist Welterschaffung, die erst endet, wenn das Wort immer automatischer in einen Satz passt, wenn es das erste Wort ist, das einem in einem Zusammenhang einfällt, und man gar nicht erst einen Zusammenhang herstellen muss, wenn es dieses allzu »befriedigende Klick« gibt, mit dem es in die vorgegebenen Strukturen einrastet.

Er schreibt auch über die »semantische Übersättigung«, die Erfahrung, dass sich ein Wort, wenn man es nur oft genug wiederholt, entleert. Das gilt für jedes Wort, und das gilt für die Wörter wohl um so mehr, die von vornherein dazu tendieren, leer zu sein, weil sie so viel oder alles zu enthalten versuchen. Einhundertsiebenmal den Ausruf »O« registrieren Heike Gfrereis und Sandra Richter vom Marbacher Archiv in der Schwab-Uhland-Ausgabe der Hölderlin-Gedichte von 1826 neben den fast ebenso häufig gebrauchten Wörtern wie »Leben«, »Herz«, »Gott« oder »heilig« und anderen, »kein untypischer Wortschatz für die Zeit«, wie sie schreiben, »mit diesen einfachen, aber mächtigen Begriffen, die himmlische Bereiche mit menschlichen verbinden«. Noch viel häufiger treten die Wörter »ich« und »du« auf, und es bestürzt einen dann doch zu lesen, dass in den zweiunddreißig vollständig erhaltenen Gedichten, die Hölderlin zwischen 1828 und 1843 im Tübinger Turm geschrieben hat, sowohl jedes »O« als auch jedes »ich« und jedes »du« fehlen.

Plötzlich sieht man den Dichter lange nach seinem Zusammenbruch in seinem Zimmer oder auf Wegen entlang der Stadtmauer auf und ab gehen, den Geistesverwirrten, den Wahnsinnigen oder welche Bezeichnung sonst damals die gängige gewesen sein mag. Zwar ist es nur ein Buchstabe, aber man wünscht sich nichts so sehr, wie dieses »O« der Anrufung, der Verzückung und der Verzauberung wiederzuhören, das er einst derart freizügig verteilt hat. Denn man ahnt, dass in seiner Jugend und in seinen jungen Jahren die Welt in seinem Kopf anders gar nicht zu bändigen gewesen sein kann, und will wenigstens für ein paar Augenblicke alle Vernunft in den Wind schlagen und nur an seiner Seite stehen.

Vierter Teil

DAS UNGLÜCKLICHE TERRITORIUM

MEHR ALS
NUR EIN
FREMDER

> I don't think I prefer it to happened that way.
> WILLIAM FAULKNER, »THE MANSION«

Michael Gorra lässt sich in *The Saddest Words* dreihundertfünfzig Seiten lang Zeit, bevor er auf den allerletzten Seiten seiner im Jahr 2020 erschienenen Biografie von William Faulkner auf den ebenso traurigen wie ungeheuerlichen Vorfall zu sprechen kommt, gegen den er Faulkner und vor allem dessen Werk zu verteidigen versucht und am Ende tatsächlich auch verteidigt. Er erwähnt davor schon unhaltbare Äußerungen des Autors, die ihn als Mann seiner Zeit und seiner Umstände ausweisen, der, geboren 1897, »viele Meinungen und Werte der geschlossenen Gesellschaft [teilte]«, die der amerikanische Süden in der ersten Hälfte des vergangenen Jahrhunderts immer noch war, »und gerade genug wusste, um zu wissen, dass er ihnen widerstehen sollte«, was auch genug war, um ihn an seinem Ort und unter seinen Zeitgenossen zu einem Liberalen zu machen. In dieser Zerrissenheit, das ist ein Hauptargument in dem Buch, spiegelten sich die Jahre des amerikanischen Bürgerkriegs wider und trug Faulkner seinen eigenen Bürgerkrieg mit seinen Dämonen aus. Dazu verteilte er die Kämpfe, die wahrscheinlich auch in ihm tobten, auf die Figuren seiner Romane, was ihn dazu brachte, eine ganze Reihe der furchtbarsten Charaktere der Weltliteratur zu erschaffen.

Das andere Argument ist für heutige Ohren nicht mehr ganz so einfach hinzunehmen, aber es bleibt als Argument, dass die Größe seiner Romane womöglich mit diesem fragwürdigen moralischen Umstand und mit dem gnadenlosen Ausleuchten dieses Umstandes zu tun hat, und es bleibt die Aufforderung, dass wir es uns nicht einfach machen und nicht eilfertig Bücher wie *Schall und Wahn*, *Licht im August* oder *Absalom, Absalom!* auf die Schutthalde der Geschichte räumen, sondern stattdessen ihre Defizite in der Wahrnehmung aushalten und gerade auch aus ihnen lernen sollen.

Jay Parini kommt in seiner schon Jahre früher erschienenen Biografie von William Faulkner, *One Matchless Time*, nicht direkt auf den Vorfall zu sprechen, und vor allem verzichtet er darauf, die Aussage zu zitieren, zu der Faulkner sich hat hinreißen lassen, aber auch er gibt ein Bild von der aufgeheizten Atmosphäre in den Wochen und Monaten davor, in denen Faulkner sich in der aufkommenden Bürgerrechtsbewegung der fünfziger Jahre des vergangenen Jahrhunderts zu positionieren versuchte, obwohl er zeit seines Lebens zurückhaltend gewesen war mit politischen Äußerungen und sich erst seit Gewinn des Nobelpreises mehr und mehr dazu verpflichtet fühlte oder sich verpflichten ließ. Die große Frage war natürlich die »Rassenfrage«, und in der Abwägung zwischen Integration und Segregation setzte er auf einen moderaten Weg, ein Irrtum, den im übrigen auch Hannah Arendt teilte, und machte es damit natürlich weder der einen Seite noch der anderen recht. Der Vorwurf aus dem Lager der Progressiven war, dass Faulkner nur der Trägheit und Bequemlichkeit »der Weißen« diene, wenn er auf Zeit setze und »den Schwarzen«, die lange genug gewartet und endgültig keine Zeit mehr hätten, und schon gar keine Zeit, sich um die Befindlichkeiten »der Weißen« zu kümmern, so wieder einmal alles vorenthalten wolle.

Der Vorfall bezieht sich auf eine ganz und gar beschämende Äußerung bei einem Interview mit der *Sunday Times* Ende Februar 1956, von dem Michael Gorra berichtet. Offenbar wiederholte Faulkner da noch einmal seine Argumente, gestand zwar ein, dass »der weiße Süden bei der Bürgerrechtsbewegung falschliege«, verlangte aber gleichzeitig für den Konflikt, »dass der Norden den Druck herausnehmen müsse, oder die Regierung wäre gezwungen, Truppen zu schicken«, um Ruhe und Ordnung aufrechtzuerhalten, und dann kam es in seiner ganzen Rückwärtsgewandtheit und Bosheit und Unerträglichkeit zu der Aussage, die ich nicht anders als auf englisch wiedergeben kann: »*[I]f it came to fighting I'd fight for Mississippi against the United States even if it meant going out into the street and shooting Negroes.*«*

Das waren die traurigsten Worte, nicht die Worte, die Faulkner in seiner Literatur als die traurigsten bezeichnet hatte: »war« und »wieder«. Achtundfünfzig Jahre alt, Nobelpreisträger, der wohl größte lebende Schriftsteller zu der Zeit, mit weltweiter Anerkennung und begeisterten Lesern, wo immer Leute Bücher lasen, ein Gott fast sowohl für Sartre als auch für

---

* Ich zitiere die N-Wörter, wie sie im Original oder in den deutschen Übersetzungen von Faulkners Romanen und den anderen verwendeten Büchern stehen, manche älteren, manche jüngeren Datums. Sie sind an den jeweiligen Stellen verwendet, um den Rassismus der Sprecher zu charakterisieren, oder zeigen Faulkners eigenen nachlässigen Umgang damit, der unter seinen Zeitgenossen weit verbreitet war.

Camus in Frankreich, in Südamerika von García Márquez und Vargas Llosa eifrig studiert, weil er die Latte auf eine Höhe gelegt hatte, die sie selbst überspringen wollten und wenige Jahre später auch überspringen sollten, und ein unsäglicher Dummkopf, der sich auf einmal selbst so äußerte, wie der größte Schuft oder wie eine seiner niederträchtigsten Figuren sich hätte äußern können, und der damit, wenigstens für den Augenblick, zu einer dieser Figuren geworden war, einem seiner eigenen Romane entsprungen oder doch eher dem Leben, bevor er sie in einem Roman hatte sicherstellen können. Klug war Faulkner selten gewesen in seinen öffentlichen Äußerungen, ja, vielleicht zählte er sogar zu der kleinen Handvoll von Autoren, bei denen der Abstand zwischen der Unklugheit ihrer Äußerungen und der Klugheit ihrer Romane auf eine fast schon nicht mehr nachvollziehbare Weise groß war. Doch dieser Ausfall war von einer anderen Kategorie, selbst wenn »er später ein sorgfältig verfasstes Statement [herausgab]«, wie Michael Gorra schreibt. Darin »legte er nahe, er sei falsch zitiert worden«, und behauptete, dass er betrunken gewesen sei, »und natürlich war [er] betrunken«, aber das half nicht: »Faulkner wusste, was er gesagt hatte. Er wusste, wie schändlich seine Worte waren. Er sprach aus Furcht, und er sprach im Fieber, im Whiskeyfieber und aus Furcht nicht nur vor dem weißen Süden, sondern auch vor sich selbst: davor, wieviel er immer noch gemeinsam hatte mit der Welt, aus der er kam.«

Es gibt diese falschen Loyalitäten auch in seinen Romanen, die voll sind mit Figuren, die, vor die Wahl gestellt, sich zu entscheiden, zumal wenn es unter Druck oder Zwang geschieht, sich oft genug für das Falsche entscheiden, auch wenn das Falsche von Faulkner selbst rational als genau das erkannt wird.

DAS UNGLÜCKLICHE TERRITORIUM

Gleich in seinem ersten zu dem berühmten Yoknapatawpha-Zyklus gehörigen Roman *Sartoris*, dessen Titelfigur einer dieser überlebensgroßen und überlebensgroß schrecklichen Plantagenbesitzer und Bürgerkriegsobersten ist, von denen Faulkner gleich mehrere im Repertoire hat, zudem auch noch Eisenbahnpionier, taucht die Frage auf: »[F]ür was zum Teufel habt ihr eigentlich gekämpft?«, und die Ausweichantwort ist: »[I]ch weiß es verdammt heute noch nicht.« Denn die richtige Antwort wäre gewesen: »Für die Beibehaltung der Sklaverei«, und diese Grundkatastrophe, dieses Übel, diese Schande der Herkunft haftet vielen seiner (weißen) Figuren noch zwei oder drei Generationen danach an. In *Sartoris* sind es die Urenkel des Obersts, die sein Draufgängertum, seine Verrücktheit und die damit verbundenen Männlichkeitsvorstellungen, es mit Regeln und Gesetzen nicht so genau zu nehmen, um das mindeste zu sagen, als Kampfflieger in den Ersten Weltkrieg mitnehmen, und man kann den Eindruck gewinnen, dass Faulkner sie, nachdem er sie in seinem Roman noch einmal wie Wiedergänger einer finsteren Vergangenheit hat aufleben lassen, nicht schnell genug zur Strecke bringen kann.

Der Oberst selbst ist in dem Roman vor allem als alles überragende Statue auf dem Friedhof präsent, »Soldat, Staatsmann, Weltbürger«, wie es auf dem Sockel heißt, und man erfährt von seiner ganzen Schrecklichkeit erst nach und nach, was natürlich auch damit zu tun hat, dass die Frage nach dem Grund oder auch nur nach der vermeintlichen Rechtfertigung des Krieges nicht entschieden genug beantwortet worden ist und er deshalb einfach so dastehen kann: »Der Kopf war ein wenig erhoben, in jenem hochmütigen Stolz, der mit verhängnisvoller Regelmäßigkeit von Generation zu Generation wiederkehrte, den Rücken der Welt zugekehrt und aus gemeißelten Augen über das Tal schauend, wo seine Eisenbahn lief, zu den unveränderlichen blauen Hügelketten drüben und darüber hinaus zu den Grenzen der Unendlichkeit selber.« Äußeres Bild bekommt man sonst kaum eines von ihm, aber mir scheint er am besten getroffen, wenn man die Beschreibung, die Faulkner in einem anderen Roman, in *Requiem für eine Nonne*, für eine kleine Verbrecherfigur gewählt hat, auch auf ihn umlegt: »Ein Mann, so einzelgängerisch, so hart und rücksichtslos, so untadelig in seinem Mangel an jedem Gefühl für Moral, daß es ihm fast eine Art von Charakter, von Lauterkeit und Reinheit verlieh; einer, der niemals irgendwem irgendwas zu vergeben haben, vergeben wollen würde; der sich auch nicht mit dem Vergeben aufhalten würde, wenn es ihm jemals dämmern sollte, daß er die Gelegenheit dazu hätte.«

Was Oberst Sartoris im Bürgerkrieg getan hat, erfährt man in diesem Roman und auch in dem anderen Roman nicht, in dessen Mittelpunkt er steht, *Die Unbesiegten*, womit sowohl die (weißen) Männer des Südens gemeint waren, die ihre Niederlage im Krieg nicht anerkennen wollten, als auch die Frauen, die gar nicht im Krieg gewesen waren und nach dieser Logik nicht besiegt sein und deshalb in dem kriegsverwüsteten Land mit niedergebrannten Plantagen und Herrenhäusern nostalgischen Träumen von falscher Größe und Pracht nachhängen konnten. Zwar erfährt man, dass ein Kopfgeld auf den Oberst ausgesetzt ist, aber es sind häufig ein wenig zu launig erzählte Begebenheiten, die seine Tapferkeit und Gewitztheit zeigen sollen und davon wieder ablenken, geradezu Geschichtchen, die sich nach hundertmaligem Erzählen zu viel zu harmlosen Anekdoten abgeschliffen haben. Sollte man dadurch jedoch den Eindruck erhalten, es gebe in einem falschen Krieg etwas Richtiges zu gewinnen, stolpert man über einen Satz ganz am Anfang von *Sartoris*, in dem der Oberst zu seinem Sohn sagt: »›Ich bin es müde, Menschen zu töten.‹« Er sagt es an dem Abend, bevor er unbewaffnet zu einem Duell geht, bei dem er dann selbst ums Leben kommt.

Beziehen kann sich das auf seine Jahre im Krieg, aber weil die näher liegen, bezieht es sich viel wahrscheinlicher auf die Jahre danach. Da hat er, nur vorgeblich in Notwehr, zwei Regierungsbevollmächtigte aus dem Norden erschossen, die in den Süden gekommen waren, um sich dort für das Wahlrecht der Schwarzen einzusetzen oder sogar dafür, es gibt beide Versionen, dass ein Schwarzer als Kandidat für das Bürgermeisteramt in Jefferson aufgestellt werden könnte, dem Zentrum des fiktiven Yoknapatawpha County. Erzählt wird die Episode sowohl in *Sartoris* als auch in *Die Unbesiegten*, und Erwähnung findet sie zudem in Faulkners Roman *Licht im August*, so dass es keine Möglichkeit eines Missverständnisses über die Schwere und über die Einschätzung der Schwere der Tat gibt, obwohl das erste Mal davon noch sehr flapsig gesprochen wird und auch das zweite Mal nicht unbedingt mit dem nötigen Ernst. Doch als wäre das allein nicht genug, erfährt man dann wie im Vorbeigehen, der Oberst habe mit seinen Leuten die lokalen Nachtreiter organisiert, »damit die Carpetbagger«, wie Politiker aus dem Norden, die sich im Süden für die Rechte der Schwarzen engagierten, abfällig genannt wurden, »keine aufrührerischen Gruppen unter den Negern bilden könnten«. Man bekommt keine weitere Erklärung, aber man braucht auch keine und hat dennoch Bilder im Kopf, die dem Satz des Obersts, er sei es müde, Menschen zu töten, ihren entsetzlichen Sinn geben.

VIERTER TEIL

»Zwischen 1882 und 1968« – noch viele Jahre nach Oberst Sartoris' Tod also – »wurden in Mississippi mehr Menschen schwarzer Hautfarbe gelyncht als in irgendeinem anderen Bundesstaat«, kann man in Ta-Nehisi Coates' Essayband *We Were Eight Years in Power* lesen, sollte man Zweifel haben, was Wirklichkeit ist und was Fiktion. »›Sie und ich wissen, dass das die beste Methode ist, um den Neger vom Wählen abzuhalten‹«, prahlte ... einer der Senatoren Mississippis und stolzer Ku-Klux-Klan-Mann. ›Man tut es in der Nacht vor der Wahl.‹«

Die selbstverständliche Anwesenheit der Schwarzen in den beiden Romanen, *Sartoris* und *Die Unbesiegten*, ist für Toni Morrison, die deren anwesende Abwesenheit in einem Großteil der amerikanischen Literatur diagnostiziert hat, wahrscheinlich genauso nur eine Art Abwesenheit. Das hat auch deswegen etwas Erschütterndes, weil man sich beim Lesen oft genug gegen den Eindruck wehren muss, es habe sich für die Schwarzen durch den Krieg, der ja in der entscheidenden Wirklichkeit natürlich ein Krieg für ihre Befreiung war, nichts geändert, ihre Situation sei nach dem Krieg die gleiche geblieben wie davor, nur dass sie jetzt eben frei waren, was einen deprimierenden Blick auf die Möglichkeiten ihrer Freiheit abgibt. So kann es vorkommen, dass ein Sklave, der sich im Krieg selbst für frei erklärt und den Truppen des Nordens angeschlossen hat, sich nach dem Krieg, ohne dass das eine weitere Begründung erfährt, wieder selbstverständlich als eine Art Hausbediensteter bei seiner ehemaligen Herrschaft einfindet. Auch kann man in einer Episode aus dem Bürgerkrieg lesen, dass der Sohn des Obersts und der Sohn eines Sklaven, ein Motiv, das Faulkner später noch mehrmals aufnehmen wird, »im gleichen Monat zur Welt gekommen waren und an der gleichen Brust getrunken und so lange Zeit zusammen geschlafen und gegessen hatten, daß [er] Großmutter Oma nannte, genau wie ich, bis er vielleicht gar kein Neger oder ich kein weißer Junge mehr war ...«, und wenn sie in ihren Spielen die Szenen der großen Schlachten nachstellten, wollten sie beide, auch der Sklavenjunge, nicht etwa Generale aus dem Norden sein, die für die Befreiung der Sklaven kämpften, sondern Südstaatengenerale, Unbesiegte, obwohl das zu der Zeit schon nicht mehr ganz stimmte.

Kinderspiele, könnte man sagen, ja, aber dennoch zuviel Idyll, viel zuviel, ohne die entsprechenden Gegengewichte, welche Geschichten in der mündlichen Überlieferung, in der beschwichtigenden Folklore nach der Niederlage im Krieg und der Wahrnehmung der moralischen Katastrophe auch immer es gegeben haben mag, die vielleicht als Vorlage gedient haben. Das ist natürlich eine folgenschwere Wahrnehmung und hat damit zu tun, dass Faulkner wenig über die Realität der Plantage schreibt und in den schwächeren Passagen sogar den Eindruck erweckt, es habe sich bei einem Plantagenbetrieb um eine Art erweiterter Familie gehandelt, die funktionierte, solange jeder wusste, wo sein Platz war, und diesen Platz nicht zu deutlich in Frage stellte. Man sieht kaum jemanden je auf einem Feld arbeiten, man sieht nicht die Brutalität des ganzen böse ausgetüftelten Räderwerks, keine Auspeitschungen, die in Wirklichkeit gang und gäbe waren, keine Sklavenmärkte mit ihren Auktionen, die Familien auseinanderreißen, stattdessen am ehesten einen großen Haushalt mit einem vorstehenden, zwar zur Gewalt neigenden, aber in seiner Strenge dann doch auch wieder wohlwollenden Patriarchen, der die schwarzen Mitglieder seines Verbandes mit der gleichen jovialen Selbstverständlichkeit als ihm zugehörig empfand, ob sie nun faktisch in seinem Besitz waren oder frei, und über sie verfügte, wenn ihm danach war, ihnen jedoch auch, wenn es ihm nötig erschien, seine Fürsorge angedeihen ließ.

Deshalb kann ein Schwarzer aus dem Sartoris'schen Clan, der gerade aus dem Ersten Weltkrieg zurückkommt und einen Tag frei erhält, bevor er sich wieder an seine Arbeit machen soll, immer noch vom Sohn des Obersts gezüchtigt werden, weil er mit den neuen Ideen, die er in Europa aufgeschnappt hat, nicht mehr aufs Wort gehorchen will. Längst ist der Sohn des Obersts da schon ein alter Mann und wird selbst rundum von allen Oberst genannt, obwohl er nie im Krieg war, der junge Oberst, und man sieht ihn dann auch sofort in seiner ausgleichenden Funktion. Denn ein anderer Schwarzer hat das Geld seiner Kirchengemeinde veruntreut und kann sich vor ihm damit herausargumentieren, dass er auf die Ehre der Familie setzt: »›Na aber, Oberst‹, sagt er. ›Se wern doch nich zulassen, daß die Stadt-Nigger 'n Mitglied Ihrer Familie wegen Diebstahl verklagen, wern Se?‹«, und er ist es, der Schwarze, in dieser Passage, der das Wort »Familie« verwendet.

So einfach wird man das kaum hinnehmen können, auch nicht in seiner Darstellung, aber aus dieser noch sehr unsicheren und nicht selten problematischen Gemengelage, auch mit sprachlichen Verirrungen, bei denen sich mit einiger Sicherheit sagen lässt, dass sie nicht immer nur den Figuren anzulasten sind, sondern oft genug Faulkner selbst, kommen in der Folge drei Romane, in denen das Thema »Rasse« nicht nur etwas zu nachlässig miterzählt wird, sondern ganz und gar in das Zentrum seines Blicks rückt. Es ist häufig festgestellt worden, Faulkner habe in seinen literarischen Möglichkeiten einen kaum erklärlichen Sprung gemacht von seinen ersten beiden vergleichsweise konventionellen Romanen *Soldatenlohn* und *Moskitos* zu den dann in rascher Folge publizierten, formal hochambitionierten Nachfolgern wie *Schall und Wahn* oder *Als ich im Sterben lag*, aber mir will scheinen, er habe einen mindestens ebenso großen Sprung in seiner Wahrnehmung und in seinem Bewusstsein gemacht, der ihn nach diesen ersten Geniestreichen *Licht im August*, *Absalom, Absalom!* und *Go Down Moses* schreiben ließ. Das ist die Reihenfolge ihres Erscheinens, aber suchte man eine Logik und suchte man eine Entwicklung, könnte man glauben, dass *Licht im August* als letzter der drei erschienen sein müsste, weil in diesem Roman »Rasse« als Konstrukt in einer selbst für ein heutiges Bewusstsein modernen Weise thematisiert wird, ein Identitätsroman, der die Frage nach der Identität des Protagonisten, die sich durch das ganze Buch zieht, mit einer brutalen Identitätsauslöschung beantwortet, weil dessen »Status« von Anfang bis Ende offenbleibt und niemand, nicht einmal er selbst sagen kann, was er ist, ob »weiß« oder »schwarz«.

Dagegen bekommt in *Absalom, Absalom!* mit Thomas Sutpen noch einmal eine Figur vom Schlag eines Oberst Sartoris ihren Auftritt, ja, er zieht als dessen Adjutant mit ihm in den Bürgerkrieg, noch gewalttätiger, noch brutaler, übernimmt dann dessen Regiment und ist damit der nächste Oberst in Faulkners finsterem Universum, Oberst Sutpen, ein Ungeheuer sui generis, auch wenn es von ihm immerhin heißt, dass er sich nach dem Krieg »fernhielt von den Flugzetteln und Geheimbünden und nächtlichen Ritten der Männer, die einst seine Bekannten oder gar Freunde gewesen und nun die schwärende Wunde der Niederlage mit Gewalt zu heilen suchten ...« Kind armer Leute, hat er früh begriffen, dass es in der Gesellschaft, in die er hineingeboren wird, nur einen Weg für ihn gibt, den Weg nach oben. Er ist zwölf Jahre alt, als er von einem Sklaven, in seiner Sprache ein »aufgeputzter Affe«, vom Vordereingang eines Pflanzerhauses zum Hintereingang verwiesen wird und denkt, dass er angesichts dieser Schmach zwei Möglichkeiten hat, entweder immerhin nicht den Sklaven, sondern den Hausherrn auf der Stelle zu erschießen oder zu werden wie er, und das bedeutete, er musste »Land und Nigger und ein schönes Haus« haben.

Was er nicht ertrug, war die Vorstellung des Blicks, den der Herr auf ihn hatte, aber noch weniger den des Sklaven. Denn der »sah den Jungen an, der da vor der Tür stand in seiner geflickten Hose und den ungeschickten bloßen Füßen, sah den Jungen durch und durch, und dabei sah er seinen eigenen Vater und seine Schwester und Brüder wie der Besitzer, der reiche Mann ... sie immer gesehen haben musste – wie Vieh, schwere und anmutslose Geschöpfe, ausgesetzt in eine für sie hoffnungs- und zwecklose Welt, dafür in tierischer und widerlicher Fruchtbarkeit sich vermehrend, doppelt und dreifach und massenhaft Raum und Erde bevölkernd ...« White Trash, und um dem zu entkommen, geht er nach »Westindien«, weil er gehört hat, dass sich dort Geld machen lässt, und als er heimkehrt, hat er schnell alles erlangt, was er angestrebt hat, und an diesem anderen Ende der Welt zudem eine zurückgelassene, abgelegte, verratene kleine Familie, eine Frau und einen Sohn.

Dieser Sohn, Charles Bon mit Namen, taucht dann achtundzwanzig Jahre später im neuen Leben von Thomas Sutpen auf, der inzwischen längst Plantagenbesitzer mit neuer Familie ist, und arbeitet als in der Vergangenheit Abgewiesener und

Verratener auf deren Zerstörung hin. Er drängt sich zwischen die beiden Nachkommen dieser neuen Verbindung, Henry und Judith, die nichts von seiner Identität wissen, und von da an ist der Roman ein Identitätszuschreibungsroman, und die Geschichte ist die Geschichte darüber, warum Charles mit der ihm jeweils zugeschriebenen Identität dreimal unmöglich ist als Heiratskandidat für Judith oder zweimal gerade noch möglich und das dritte Mal tatsächlich dann nicht mehr. Das Urteil fällt jeweils Henry, der Bruder, nicht das erste Mal bei Faulkner ein obsessiver Wächter über die sexuelle Unversehrtheit seiner Schwester, eine dieser Figuren, die sich eher einen Inzest vorstellen können, als dass sich die geliebte Schwester mit einem anderen Mann einlässt, aber bei Charles ist es noch komplizierter, weil er, Henry, ihn in Wirklichkeit selbst liebt. Deshalb kommt er noch darüber hinweg, als er erfährt, dass Charles schon eine Frau hat, ja, tatsächlich bereits verheiratet ist, deshalb kommt er auch noch darüber hinweg, als er erfährt, dass sie Geschwister sind, er selbst Charles' Halbbruder, Judith Charles' Halbschwester, aber worüber er nicht hinwegkommt ... Man weiß es bereits als Leser, während er es selbst noch nicht weiß, es gibt keine gute Formulierung dafür, und eine der schlechten Formulierungen ist, »daß seine Mutter Negerblut hatte«.

Auch das erzählt Thomas Sutpen schließlich seinem Sohn Henry, nachdem alle anderen Einwände und Erklärungen bei ihm nicht gefruchtet haben, und der tut, was er in diesem Wahnsystem tun muss. Um Charles von seiner Schwester fernzuhalten, erschießt er ihn am Eingang zur verwüsteten Plantage, als sie gemeinsam aus dem Bürgerkrieg zurückkehren, in dem sie Seite an Seite gekämpft haben. »›Du bist mein Bruder‹«, heißt es noch in ihrem letzten Schlagabtausch, bevor der Schuss fällt. »»Nein, ich bin's nicht. Ich bin der Nigger der bei deiner Schwester schlafen wird.««

Weiter getrieben in ihrer Bodenlosigkeit hat eine solche fortgesetzte Identitätszuschreibung immer tiefer nach unten in dieser perversen Hierarchie nur Flannery O'Connor, in deren Erzählungen hinter dem Rassismus ihrer Figuren viel deutlicher ihre eigene problematische Haltung in der Frage hervorlugt, als es je bei Faulkner der Fall ist, obwohl es auch bei ihm immer wieder Unsicherheiten gibt, in ihrer Erzählung »The Displaced Person«. Wenn darin ein polnischer Arbeiter auf einer Farm im amerikanischen Süden, der nach dem Zweiten Weltkrieg aus Europa gekommen ist, seine Cousine mit einem schwarzen Arbeitskollegen verheiraten will, um sie so nachholen zu können, und ihm dafür für drei Dollar pro Woche ein Foto von ihr als zwölfjährigem Mädchen aushändigt, wird bloß eine Entmenschlichung gegen die andere abgewogen und ausgespielt. Denn auf die rassistischen Vorbehalte der Farmbesitzerin, eine solche Ehe sei ganz und gar unmöglich und würde außerdem nur Unruhe unter den anderen Schwarzen auf der Farm erzeugen, bringt er das Argument vor, seine Cousine sei drei Jahre im Lager gewesen und ihre Mutter sei im Lager ums Leben gekommen, was sie auf einer zynischen Skala des Menschlichen wohl ganz an deren Rand ansiedelt. »*She no care black*«, sagt er. »*She in camp three year*«, aber nicht einmal diese Aburteilung stellt sie in dem radikalen Entwertungssystem auf die unterste Stufe, weshalb auch nichts aus der Idee einer Verheiratung wird.

Das Tabu und die Angst dahinter sind natürlich Tabu und Angst, die Sexualität des schwarzen Mannes betreffend, ein

DAS UNGLÜCKLICHE TERRITORIUM

Kernthema bei Faulkner, neben dem lange fast unbemerkt die selbstverständliche Ausbeutung der Sexualität schwarzer Frauen steht. Dass Elnora das Kind von Oberst Sartoris mit einer Sklavin ist, erfährt man weder in dem Roman *Sartoris* noch in dem Roman *Die Unbesiegten*, die beide von ihm handeln, sondern in einer eigenen Erzählung, gewissermaßen in den nachgereichten Apokryphen zu den Romanen, und es scheint keine große Sache zu sein. Es war möglich, wenngleich nicht wahrscheinlich, heißt es dort, dass weder ihr Halbbruder, der junge Oberst, noch sie selbst, Elnora, das wusste, und es war auch möglich, wenngleich nicht wahrscheinlich, dass auch der alte Oberst es nicht wusste, was einen zu der logischen Frage bringt, wer dann es wusste und von wem dann wir es erfahren konnten, es sei denn natürlich von Elnoras Mutter selbst.

Auch von Clytemnestra ist in *Absalom, Absalom!* zuerst so die Rede, dass man überlesen kann und vielleicht zunächst auch überlesen soll, dass sie die Tochter Thomas Sutpens mit einer Sklavin ist. Sie sitzt gemeinsam mit ihrer Schwester Judith, wahrscheinlich auch da, ohne dass sie von ihrer Beziehung zueinander wissen, versteckt im Heuboden, während ihr Bruder Henry längst erschreckt Reißaus genommen hat, und schaut bei den grausamen Gladiatorenkämpfen zu, die ihr Vater im Stall darunter mit seinen Sklaven veranstaltet und bei denen es darum geht, sich möglichst schnell und möglichst schlimm zu verletzen. »Anscheinend pflegte er bei gewissen Gelegenheiten zum Schluss einer solchen Abendunterhaltung, gleichsam als großartiger Höhepunkt oder einfach aus tödlicher Besorgnis um die Aufrechterhaltung seiner Überlegenheit, seiner Herrschaft, in eigener Person mit einem der Neger in den Ring zu treten«, und dann sahen die Kinder, was auch die entsetzt herbeigeeilte Mutter Judiths sah, ihren Vater, »nackt und keuchend und blutig bis zum Gürtel, und den Neger, der augenscheinlich eben gefallen war und zu seinen Füßen lag, auch er blutig, nur daß es auf einem Neger wie Fett oder Schweiß aussieht ...« Schrecken über Schrecken und keine Rede mehr von zuviel Idyll, das nackte Grauen, auch in der Formulierung, aber der andere Schrecken kommt dann wieder ganz beiläufig: »Ja, Clytie war auch seine Tochter: Clytemnestra«, viele Seiten später und nur in Klammern, falls man es tatsächlich überlesen haben sollte, und dann natürlich auch das, schließlich war Thomas Sutpen der Gottvater dieses unmenschlichen Betriebs: »Er selbst hatte ihr den Namen gegeben.«

Beide Biografen, sowohl Michael Gorra als auch Jay Parini, sprechen von der Möglichkeit, dass Faulkners bewunderter Urgroßvater, William Clark Falkner, ein »Bürgerkriegsheld«, noch ohne das »u« geschrieben, der ihm als Vorbild für seine schrecklichen Obersten diente, tatsächlich eine Tochter mit einer Sklavin hatte. Beweise dafür erbringen sie nicht, aber das spielt keine Rolle, und es spielt auch keine Rolle, dass bei dem einen von einer Lena Falkner die Rede ist, bei dem anderen von einer Fannie Falkner, weil man längst schon denkt, es könnten genausogut *zwei* Töchter gewesen sein, und nicht übersehen kann, dass beide immerhin den Namen getragen haben. Lena Falkner wird laut Jay Parini in einer Erhebung von 1880 als Bedienstete im Haushalt der Falkners geführt, von Fannie Falkner weiß Michael Gorra auch nicht mehr zu berichten, als dass sie einen College-Abschluss hatte und später einen College-Präsidenten geheiratet haben soll.

Der Roman *Go Down Moses* ist anders als alles, was Faulkner davor geschrieben hat, weil in ihm mit Isaac McCaslin, geboren nach dem Bürgerkrieg, zum ersten Mal eine Figur im Mittelpunkt steht, die das böse Erbe des Südens verwirft, das sich mit einem Wort beschreiben lässt: »Sklaverei«. Im Zentrum dieses Episodenromans findet sich eine lange Erzählung über Wildnis, Jagd und Kindheit, die amerikanischer nicht sein könnte in ihrer Sehnsucht nach Unschuld und Reinheit, in ihrer Klage darüber, dass die Wildnis, kaum dass man sie entdeckt hat, schon wieder verschwindet, und ausgerechnet im Zentrum dieses Zentrums ist ein Dokument der unhintergehbaren Schuld plaziert. Denn dort ist die Rede von dem Lagerhaus und den Kontobüchern der ehemaligen Plantage und des jetzigen Pflanzergutes der McCaslins, das sich mit seinen schwarzen Arbeitern gar nicht so sehr von der Plantage unterscheidet und sie »in Knechtschaft hielt, als ob kein Bürgerkrieg gewesen wäre ...«

Das Lagerhaus wird das »Nervenzentrum des Gutes« genannt, in dem alle Dinge des täglichen Bedarfs losgeschlagen werden, auch »Mittel zum Bleichen der Hautfarbe und zum Entkräuseln des Haars«. In den Kontobüchern sind über Jahrzehnte die Geschäfte festgehalten, »Aufzeichnungen des Unrechts und des Wenigen, was immerhin zu seiner Besserung und Wiedergutmachung geschah ...«, die am Ende auch eine Familienchronik abgeben, Warengeschäfte, aber nicht nur Waren- ... Isaac McCaslin, Enkel und Erbe des Patriarchen Carothers McCaslin, weiß, dass er zwar den Besitz loswerden kann, indem er ihm entsagt, aber damit noch lange nicht Schuld und Schande los ist von dem »unvermeidlichen Geschäft«, wie es heißt, »das sich 1830 und 40 über die ganze wüste Wildnis des nördlichen Mississippi ausdehnte und das fortzuführen [sein Vater und sein Onkel] bestimmt waren ...«

Die Aufzeichnungen könnten eindeutiger nicht sein und

öffnen ihm die Augen nicht nur über die Geschäfte seines Großvaters, sondern über dessen moralische Verfasstheit, und diesmal gibt es nicht nur wieder ein Kind mit einer Sklavin, es gibt eine ganze »schwarze Linie« der Familie, so dass man beim Lesen die am Ende des Buches aufgezeichnete Genealogie immer wieder minutenlang studieren muss, um zu verstehen, wer da wer ist und wer mit wem und wie verwandt. Isaac selbst gelangt erst allmählich zum Zentrum der Unrechtsgeschichte und steht lange ratlos vor den in unsicherer Orthografie geschriebenen Eintragungen, abwechselnd von seinem Vater und seinem Onkel getätigt: »21 Juni 1833 Ertränckte sich«, »23 Juni 1833 Wer zum Teuffel hat je gehört das ein Nigger sich ertränckt«, »13. Aug 1833 Ertränckte sich«. Die Rede ist von »Eunice Gekaufft von Vater in New Orleans 1807 $ 650. dolars. Verheirahtet mit Thucydus 1809 Ertranck in Flus Weihnachtstag 1832«, wie es dann heißt, um den wahren Sachverhalt zu verschleiern.

In dieser dokumentarischen beziehungsweise scheindokumentarischen Darstellung bekommt man endlich einen ähnlich ungeschminkten Eindruck von der Realität der Plantage, der einen buchstäblich das Blut in den Adern gefrieren lässt, wie bei Toni Morrison, die in ihren Essays zweimal aus dem Tagebuch eines Pflanzers Anfang des achtzehnten Jahrhunderts zitiert, den die Herausgeber als den »geschliffensten und bestbestallten Gentleman von Virginia« beschreiben, einen »wohlmeinenden Gebieter, der in etlichen seiner Briefe gegen die Scheusale wetterte, die ihre Sklaven misshandeln«. Das scheint für ihn in keinem Widerspruch zu den seitenlangen Auflistungen zu stehen, welcher Sklave oder welche Sklavin an einem bestimmten Tag ausgepeitscht wurde, von ihm selbst oder von nicht genannten anderen: »3/9/09: Ich züchtigte Jenny, 16/9/09: Jenny wurde ausgepeitscht, 19/9/09: Ich züchtigte Anama, 30/11/09: Eugene und Jenny wurden ausgepeitscht, 16/12/09: Eugene wurde ausgepeitscht, weil er gestern faul war«, und so entsetzlich weiter und so entsetzlich fort.

Sollte es noch eines Beweises bedürfen, wie wenig die Metapher der Familie taugt, um die Realität der Plantage zu beschreiben, dann hat man ihn hier, es sei denn, man spricht von einer Familie in ihrer zynischsten Form, und das gilt auch für die »Familie« in *Go Down Moses*. Bevor Isaac McCaslin endlich den Skandal in ihrem innersten Kern zur Gänze begreift, werden noch alle Motive der unseligen Verflechtung aufgefahren. Da ist wieder das scheinbare Idyll: »Sie hatten zusammen gefischt und gejagt, sie hatten in demselben Wasser schwimmen gelernt, sie hatten in der Küche des weißen Knaben an einem Tisch gegessen und ebenso in der Hütte der Mutter des Negers; sie hatten im Wald unter einer Decke am Feuer geschlafen«, bis sie sieben wurden und alles sich änderte: »Sie schliefen nie wieder zusammen in einem Raum und aßen nie wieder zusammen an einem Tisch, weil er nun vor sich selbst zugab, daß er sich schämte …« Da ist die bange Frage, die einen schon in den Abgrund blicken lässt: »Wie, um Gottes willen … kann ein Schwarzer einen Weißen bitten, daß er nur ja nicht mit seiner schwarzen Frau schläft?«, und die hilflose Forderung: »Ich möchte meine Frau wiederhaben. Ich brauch sie daheim.«« Da gibt es eine Hetzjagd mit Spürhunden, bei der Isaacs Vater und Onkel ihrem von der Plantage entflohenen schwarzen Halbbruder nachsetzen, und da sind auch wieder die Nachtreiter, jetzt allerdings auch bei Tage unterwegs, und es gibt kein Vertun mehr, dass da vom Ku-Klux-Klan die Rede ist, wenn ein

»verdüstertes und ausgeraubtes und leeres Land« beschrieben wird, »wo hinter verschlossenen Türen Frauen mit ihren Kindern zusammen kauerten und bewaffnete Männer, in Laken vermummt und mit Masken, die schweigenden Straßen entlang ritten und die Körper, von Schwarzen sowohl wie von Weißen, Opfer weniger des Hasses als einer rasenden Verzweiflung, an einsamen Ästen baumelten ...«

Was Isaac McCaslin sich aus den Aufzeichnungen in den Kontobüchern schließlich zusammenreimt, ist, dass sein Großvater nicht nur mit der in New Orleans gekauften Sklavin Eunice ein Kind hatte, sondern mit diesem Kind, Tomasina (die im Kindbett stirbt), wieder ein Kind, Vergewaltigung und Inzest, und dass Eunice ins Wasser geht, als sie das begreift, was mich zu der Widmung bringt, die *Go Down Moses* vorangestellt ist:

<blockquote>
Zum Gedenken an
Mammy
CAROLINE BARR
Mississippi
(1840 – 1940)

Die in Sklaverei geboren wurde und
meiner Familie diente in rückhaltloser
Treue und Selbstlosigkeit und meine
Kindheit mit unendlicher Aufopferung
und Liebe umgab
</blockquote>

Beide Biografen berichten, welche Bedeutung »Mammy Callie« in Faulkners Leben hatte. Jay Parini bringt es auf den Punkt, dass sie ihn als Kind aufgezogen habe und dass er sich ihr tief verbunden fühlte, Michael Gorra spricht gar davon, dass er in ihr eine zweite Mutter gesehen habe, wie es den Konventionen der Zeit entsprach, und dass er durch sie »ein präzises Ohr für die afroamerikanische Sprache und eine Wertschätzung für die schwarze Kirche [entwickelt habe], was später in seinem Schreiben Gestalt annehmen würde«, doch es gab auch Grenzen für diese festgestellten Verbindungen, ob sie nun real waren oder wenigstens teilweise eine Projektion. Caroline Barr lebte bis zu ihrem Ende mit hundert Jahren auf Faulkners Anwesen Rowan Oak in Oxford, Mississippi, aber als er sie noch in ihrem Tod für sich okkupierte, geschah das sehr zum Missfallen ihrer eigenen Familie, weil er darauf bestand, dass sie selbst da noch »ihre konventionelle und untergeordnete Rolle ausfüllte«, wie Michael Gorra schreibt, und sich in seiner Trauer vordrängte. »Er hielt die Abschiedsrede bei ihrer Begräbnisfeier, die er in seinem eigenen Haus anstatt in ihrer Kirche veranstaltete, und er zahlte für ihren Grabstein, auf dem er ihren Namen und die Daten und folgende Worte eingravieren ließ: ›*Mammy. Her white children bless her.*‹«

Das ist ein Übergriff und ein Rückfall in ein essentialistisches Denken, wie es ähnliche Rückfälle auch in *Absalom, Absalom!* und *Go Down Moses* immer wieder gibt, und dabei ist Faulkner bereits Jahre davor beim Schreiben von *Licht im August* viel weiter gewesen und hat in diesem Roman mit Joe Christmas eine Figur aufgeboten, mit der es ihm gelingt, den Begriff »Rasse« als das abzustecken, was er ist, eine Chimäre und ein Konstrukt. Ich kenne kaum eine einsamere und gleichzeitig mitleid- und schreckenerregendere Figur in der Weltliteratur. Er ist der prototypische Fremde, ein Ausgestoßener, für den es keinen Platz auf dem Antlitz der Erde zu geben scheint, Jahre bevor Camus seinem berühmten Roman diesen Titel verliehen hat, und für ihn gilt, was Sartre über Camus' Helden geschrieben hat, er »ist gerade einer jener schrecklichen Unschuldigen, welche die Gesellschaft in Aufruhr versetzen. Er lebt unter Fremden, ist aber auch für sie ein Fremder«.

Allenfalls könnte einem da noch Michael K. einfallen, der Protagonist aus J.M.Coetzees Roman *Leben und Zeit des Michael K.*, ein, na ja, Held vom äußersten Rand der Gesellschaft in einem von bürgerkriegsähnlichen Unruhen in den Ausnahmezustand versetzten Südafrika, von dem man nicht weiß, aber durch den Hintergrund zu der Annahme verführt wird, dass er schwarz ist, worüber Toni Morrison in ihrem Essay »Unsichtbare Tinte« schreibt. Genausogut könnte sein Außenseitertum aber auch ganz andere Gründe haben, könnte von einer Entstellung herrühren. Jedenfalls entflieht er den letzten sozialen Bindungen, die ihm geblieben sind, in eine Welt ohne Menschen, zieht sich in die Einöde zurück und sagt von sich: »Ich bin nicht im Krieg!«, um danach im Sozialen zu einer spektakulären Erkenntnis zu gelangen. »Die Wahrheit ist vielleicht, daß es genügt, außerhalb der Lager zu sein, außerhalb aller Lager zugleich«, ist seine trockene Feststellung, nachdem er bereits erkannt hat, dass es in der Gesellschaft, in der er lebt, Lager für buchstäblich jede Abweichung gibt. »Vielleicht ist eine solche Errungenschaft erst mal genug. Wieviel Leute sind noch übrig, die weder eingesperrt sind, noch am Tor Wache stehen?« Das ist für sich allein schon spektakulär, aber das wirkliche Spektakuläre folgt dann: »Den Lagern bin ich entkommen;

vielleicht, wenn ich mich nicht muckse, werde ich auch der Nächstenliebe entkommen.«

Es kann nicht um einen abstrusen Wettbewerb im Fremdsein gehen, aber was Joe Christmas unter diesen Fremden noch einmal hervorhebt, scheint mir zu sein, dass er sich selbst in deutlicherer Bestimmung auch ein Fremder ist, als es für die anderen gilt. Ja, einmal sagt er von sich, er sei »mehr als bloß ein Fremder«, und man ahnt, worauf das vorausdeutet, an anderer Stelle heißt es von ihm: »›Ist er wirklich ein Nigger? Sieht nicht wie einer aus‹«, und weiter: »›Diese Trottel vom Land können alles sein‹«, aber in Wirklichkeit weiß er selbst nicht, was er ist in der rassistischen Gesellschaft des amerikanischen Südens der dreißiger Jahre des vergangenen Jahrhunderts, und zieht nur die Zuschreibungen auf sich, seit andere Kinder im Waisenhaus begonnen haben, ihn einen »Nigger« zu nennen. Er nennt sich selbst unter Weißen einen Schwarzen und unter Schwarzen einen Weißen, sorgt dafür, dass er immer genau das ist oder wenigstens darstellt, was er im Augenblick gerade nicht sein sollte, und wird von den einen wie von den anderen dafür geächtet und wieder und wieder verprügelt, Prügel, die er selbst austeilt und von denen er gar nicht genug kriegen kann.

Die Geschichte ist eine Passionsgeschichte, weder lebt er das Leben eines Weißen noch das eines Schwarzen, fünfzehn Jahre irrt er fast ohne jede menschliche Anbindung umher, aber am Ende ist es doch die Tragödie eines Schwarzen, die ihm zugeschrieben wird, und es ist vor allem der Tod eines Schwarzen, den er nicht nur stirbt, sondern den er regelrecht wählt. Wenn die Diagnose, »der Schwarze-in-Amerika sei eine Form des Wahnsinns, der Weiße befällt«, die James Baldwin in seinem Essay »Fremder im Dorf« zitiert, jemals ganz und gar in einer

Person oder Figur aufgegangen ist, dann wohl in Joe Christmas. Er ist dreiunddreißig, als er endlich in Jefferson, dem Mittelpunkt des Faulkner'schen Erzählkosmos, anlangt und auf dem Grundstück einer alleinstehenden Frau Unterschlupf findet, die seit vierzig Jahren dort lebt, von der ganzen Stadt geschnitten, und damit denunziert wird, dass »sie behauptet, dass Nigger genauso sind wie Weiße«, und die selbst von sich und ihrer Familie sagt: »›Sie haben uns hier gehasst. Wir waren Yankees. Fremde. Schlimmer als Fremde: Feinde. Kriegsgewinnler aus dem Norden.‹«

Sie heißt Joanna Burden und ist die Enkelin und Halbschwester der beiden Regierungsbevollmächtigten, die sechzig Jahre davor bei ihrem Kampf für das Wahlrecht der Schwarzen von Oberst Sartoris erschossen wurden, jetzt selbst eine Art Sozialarbeiterin, die sich in vielfältiger Hinsicht um die Belange der Schwarzen kümmert, und es ist vielleicht Faulkners traurigster Befund oder Hinweis auf die Begrenztheit seines Denkens, dass er nicht einmal sie, die womöglich positivste Figur, die er in die Welt gesetzt hat, frei von rassistischen Anflügen halten kann, wenn er nur die Situation ausreichend ins Sexuelle zuspitzt. Sie hat eine Affäre mit Joe Christmas, eine zerstörerische und selbstzerstörerische Amour fou, und wie der es schon früher getan hat, besonders Frauen gegenüber, mit denen er Sex gehabt hat, beginnt er sein Zuschreibungsspiel, um sie und sich selbst damit zu demütigen. Er sagt über seine Eltern, »dass einer von den beiden teils Nigger war«, sie fragt ihn: »›Woher weißt du das?‹«, und er sagt: »›Ich weiß es nicht‹«, aber sie nennt ihn fortan ekstatisch »Neger! Neger! Neger!«, wenn sie mit ihm schläft, und beginnt nachher zu beten, weil selbst sie, die in sonst allem auf Seiten der Schwarzen steht, glaubt, das dürfe nicht sein, und so läuft auch diese Geschichte auf das Schlimmste zu.

Denn Joe Christmas ermordet sie schließlich, und wenn er bis dahin weder ein Weißer noch ein Schwarzer ist, ist er als Mörder ein Schwarzer und nimmt die Zuschreibung und sein Schicksal jetzt fast willfährig hin. Der Grund ist nicht, dass Joanna vorher ihre Pistole auf ihn gerichtet hat, der Grund ist auch nicht ihr Beten, selbst wenn ihn das an das Beten seines Ziehvaters in seiner Kindheit erinnert, jedesmal nachdem der ihn ausgepeitscht hatte, der Grund ist, dass auch er diesem falschen Denken erliegt, gemäß dem ihre Verbindung ein Sakrileg ist, und deswegen sehnt er am Ende die Höchststrafe herbei. »Ihm war, als könnte er sich selbst sehen, wie er von weißen Männern endlich in den schwarzen Abgrund gejagt wurde, der auf ihn wartete, der ihn seit dreißig Jahren zu ertränken suchte und in den er sich nun schließlich tatsächlich begeben hatte…«

Er wird gefangengenommen beziehungsweise lässt sich gefangennehmen, kommt noch einmal frei, damit sich sein Schicksal erfüllt, und dann bringt sich eine Art Wiedergänger von Oberst Sartoris ins Spiel, der es gar nicht erwarten kann, einen Trupp aufzustellen, um ihn zu verfolgen, noch eine schreckliche Figur unter den vielen anderen schrecklichen Figuren, die alle Charakterzüge eines White Supremacists hat, und stellt ihn. Er hat schon fünf Schüsse auf Joe Christmas abgegeben in dem dann folgenden Lynchmord, »das ganze Magazin seiner Pistole« auf ihn geschossen, bevor er sich mit einem Schlachtermesser auf den noch Lebenden stürzt und dann mit dem Satz »Jetzt wirst du die weißen Frauen in Ruhe lassen, auch in der Hölle« von ihm zurückspringt. Man erfährt als Leser zuerst nur von den entsetzten Reaktionen der anderen

Männer, bevor sich der Blick noch einmal auf den am Boden Liegenden richtet: »Er lag nur da, die Augen weit geöffnet und leer von allem außer dem Bewusstsein, und mit etwas wie einem Schatten um den Mund. Einen langen Augenblick sah er mit friedvollen, unergründlichen und unerträglichen Augen zu ihnen auf. Dann schienen sein Gesicht, sein Körper, schien alles zusammenzubrechen, in sich zusammenzufallen, und aus der zerschlitzten Kleidung um seine Hüften und Lenden stürzte das aufgehaltene schwarze Blut wie losgelassener Atem.«

Die Frage ist nicht zu klären, ob ein Autor, der in seinen Romanen solche Sätze zu schreiben vermag und damit dem Schrecken ins Auge blickte wie wenige und für diesen Blick eine erschütternde Darstellung gefunden hat, gefeit sein müsste gegen Sätze in der Wirklichkeit wie den erbärmlichen Satz: »*[I]f it came to fighting I'd fight for Mississippi against the United States even if it meant going out into the street and shooting Negroes.*« Man möchte an die Heilungs- und Selbstheilungskräfte der Literatur glauben, aber allein die Frage, wo der Autor in dieser Höllenszene aufzufinden ist, kann eine sehr schmerzhafte Frage sein. Man wünscht ihn sich auf der Seite des Opfers, und dort ist er auch, dort ist er vor allem, aber er ist auch in den Blicken der Männer, die wie gebannt die Tat beobachten, und irgendwo ist er auch im Arm des Täters, der die Tat ausführt, und das ist das Grauen, macht aber, ob wir es wahrhaben wollen oder nicht, vielleicht gerade die Kunst aus.

»Faulkner wusste, dass er in den Tagen seines Urgroßvaters auch in Diensten der Konföderierten gestanden wäre«, schreibt Michael Gorra. »Er wusste auch, dass deren Sache ... eine der übelsten Sachen war, für die Menschen jemals gekämpft hatten, und er glaubte, dass das Prinzip, auf das sie sich stützten, das

Böse war. Seine Arbeit liegt im Raum dazwischen, und manchmal müssen die Widersprüche unaushaltbar gewesen sein, manchmal müssen sie sich einem psychischen Krieg in ihm selbst angenähert haben.«

Darin braucht man nichts Heroisches zu sehen, sondern nur eine Bewegung von der Dunkelheit zu mehr Licht, mit dem die Dunkelheit ausgeleuchtet wird. Es gibt unerträgliche, ja, nachgerade rassistische Stellen in Faulkners Werk, deutlicher noch am Anfang und dann immer weniger, aber es gibt auch diesen Vektor, der am Ende auf die Aufkündigung eines unhaltbaren Erbes zielt, die Loslösung der Söhne von ihren gewalttätigen Vätern, den notwendigen Verrat. Weder die Sartoris noch die Sutpens, und wie all die anderen bürgerkriegsverstrickten und -versehrten, schuldbeladenen Figuren heißen mögen, haben in den Romanen eine Zukunft, sie schleppen eine solche Last der Schande mit sich, dass sie für immer der Vergangenheit verhaftet bleiben, zwischen zwei Buchdeckeln verwahrt und gesichert. Der Nachruf auf sie könnte von James Baldwin stammen, der im Vorwort seines Essaybandes *Von einem Sohn dieses Landes* schreibt: »Die Menschen, die sich selbst für Weiß halten, haben die Wahl, menschlich zu werden oder irrelevant«, und menschlich sind sie nicht geworden.

Toni Morrison hält Faulkner die Stange. Ausgerechnet sie, könnte man sagen, die nur einen einzigen Roman benötigt hat, um die Leerstellen und blinden Flecken in Faulkners Werk sichtbar zu machen, ohne dass das ihr Anspruch gewesen zu sein braucht, nämlich *Menschenkind*. Darin gibt es das, was in Faulkners Romanen fehlt, es gibt die Auspeitschungen, vor denen niemand die Augen verschließen kann, es gibt die Sklavenmärkte mit ihren Auktionen, die Familien auseinanderreißen, weil ein Sohn oder eine Tochter verkauft wird, und es gibt auch einen Begriff von Familie, der nichts Beschönigendes hat und nicht härter sein kann in seiner Definition, was Familie unter den Bedingungen der Sklaverei bedeutet. Er erfüllt sich darin, dass die Sklavin Sethe sich das Recht herausnimmt, über Leben und Tod ihrer Kinder zu entscheiden, und versucht, sie zu töten, als sie, kaum dass sie die Freiheit erlangt haben, Gefahr laufen, wieder gefangengenommen und auf die Plantage zurückgebracht zu werden, wobei drei überleben und eines tatsächlich zu Tode kommt.

Unter Toni Morrisons Essays gibt es auch ein Stück, das »Faulkner und die Frauen« heißt, aber darin geht es nicht um Faulkner und die Frauen, sondern um eine Einladung zu einer Tagung in Oxford, Mississippi, bei der sie zu diesem Thema sprechen sollte, stattdessen aber über ihre Romane spricht und aus *Menschenkind* vorliest. Dabei betont sie auch ihre Wertschätzung für Faulkner, in dem »diese Kraft und dieser Mut« steckten, ein besonderer »Blick, der anders war«, wenn es um die literarische Beschäftigung mit einer bestimmten Ära ging. Sie hatte 1956 an der Cornell University ihre Abschlussarbeit über ihn geschrieben und sagt, dass sie »sehr viel Zeit damit verbracht habe, über Faulkner nachzudenken«, was es mehr als nur vorstellbar macht, dass ihr die unhaltbare und beschämende Äußerung bekannt gewesen ist, die er just in diesem Jahr in die Welt gesetzt hat, aber sie erwähnt sie nicht.

Stattdessen lässt sie sich darüber aus, dass er »auch in sehr, sehr persönlicher Hinsicht, eine enorme Wirkung auf mich als Leserin hatte«, stellt jedoch »starke Verbindungen zwischen meinem Werk und dem von Faulkner« in Abrede, die ihr dennoch gern nachgesagt werden. Dann spricht sie von Büchern, die zu gut seien, um korrekt zu sein, und meint sicher seine und meint wahrscheinlich ihre eigenen auch, was für mich ein schönes Plädoyer für die Literatur ist, und dann kommt die Kritik, wenn es denn Kritik ist, dass es »nicht einfach ein komplettes Vergnügen« war, Faulkner zu lesen. Denn »es gab immer auch diese andere Qualität, die genauso wichtig ist wie Verehrung: Empörung«.

In Faulkners Erzählung »Brandstifter«, in den Jahren nicht lange nach dem Bürgerkrieg, ist es ein zehnjähriger Junge, der schließlich den Kreislauf durchbricht. Er ist nach Oberst Sartoris benannt und muss seinen Vater, einen kleinen Pächter und Landarbeiter, der sich immer in Händel mit seinen Pachtherren verstrickt und schließlich aus Rache deren Scheunen anzündet, vor dem Friedensrichter aus diesen Verstrickungen herauslügen, bis er es eines Tages nicht mehr tut und seinen Vater, ohne das noch zu wissen, ans Messer liefert, indem er ihn bei dem Pachtherrn denunziert. Er hört die Schüsse, die seinem Vater gelten, und da ist noch einmal die Bewegung zurück. »›Vater! Vater!‹« rufend, stürzt er hinaus, um ihn zu retten, aber es ist zu spät, und dann kommen ein letztes Mal die Argumente für seinen Vater, die immer schon die falschen gewesen sind: »*Vater. Mein Vater* dachte er. ›Er war tapfer!‹ weinte er plötzlich laut auf, laut, aber nicht schreiend, nicht viel lauter als ein Murmeln: ›Das war er! Er war im Krieg! Er war in Oberst Sartoris' Kavallerie!‹«

Wie grundverkehrt das alles ist, weiß er noch nicht, und er weiß vielleicht auch noch nicht, dass er die ganze Misere für immer hinter sich lassen und von zu Hause weggehen wird, aber der letzte Absatz der Erzählung, in dem er sich um Mitternacht auf einer Hügelkuppe findet, weiß es schon: »Die Sternbilder kreisen langsam weiter. Der Morgen würde grauen, und nach einer Weile würde die Sonne aufgehen, und er würde hungrig sein. Doch das wäre dann morgen, und jetzt fror ihn nur, und dem konnte er durch Laufen abhelfen. Das Atmen fiel ihm jetzt leichter, und er beschloss, bald aufzustehen und weiterzugehen, und dann entdeckte er, daß er geschlafen hatte, denn das Morgengrauen war beinah da, wie er wusste, und die Nacht war beinah vergangen ... Er stieg den Hügel hinab, dem dunklen Wald entgegen, in dem die quecksilbrigen Stimmen der Vögel unaufhörlich riefen – im schnellen und drängenden Takt des drängenden und singenden Herzens dieser späten Frühlingsnacht. Er blickte nicht zurück.«

DIE
AFRIKANISTISCHE
PRÄSENZ

> Sometimes I feel the need to reaffirm all of it,
> the whole unhappy territory
> and all the things loved and unlovable in it,
> for all of it is part of me.
>
> RALPH ELLISON, »INVISIBLE MAN«

Die Idee, einen Schwarzen, von dem nicht gesagt wird, dass er schwarz ist, ja, von dem viele Leser wohl annehmen, er sei weiß, oder sich die Frage, ob »schwarz« oder »weiß«, gar nicht stellen, bevor sie am Ende darauf gestoßen werden, zu einer der Hauptfiguren meines Romans *Vier Tage, drei Nächte* zu machen, ist mir beim Lesen von Toni Morrisons Essay »Beunruhigende Krankenschwestern und die Freundlichkeit der Haie« gekommen, abgedruckt in dem Band *Im Dunkeln spielen*. Darin bezieht sie sich auf eine Figur in Hemingways Roman *Haben und Nichthaben*, einen Mann, zur Besatzung eines Fischfangbootes gehörig, von dem sie mit großer Selbstverständlichkeit schreibt, er sei weiß, und als Begründung dafür angibt: »... und das wissen wir, weil niemand es erwähnt.« Dann beanstandet sie, dass ein anderes Besatzungsmitglied als »Nigger«* eingeführt wird,

---

* Die N-Wörter sind wieder aus den Originaltexten beziehungsweise aus den Übersetzungen der Originaltexte zitiert.

»mit all seinen Implikationen von Hautfarbe und Kaste«, ohne dass man über diese Figur jemals viel darüber hinaus erführe, weil damit ohnehin alles klar ist.

Haben und Nichthaben ist im Original bereits 1937 erschienen, in deutscher Übersetzung erst 1951, aber weil die allzu deutlichen Vorausannahmen, wenn wir einer Figur in einem Roman zum ersten Mal begegnen, immer noch zu oft alten Mustern folgen, hat mich das dazu gebracht, damit zu spielen. Mein einziges Bedauern dabei ist, dass die Erkenntnis, was wir alles schon zu wissen glauben und wie sehr wir von festen Erwartungen ausgehen, bis es dann doch vielleicht ganz anders kommt, keine Überraschung mehr sein kann, wenn das Geheimnis erst einmal gelüftet ist. Jedenfalls bin ich so zu der »afrikanischen« oder vielmehr »afrikanistischen Präsenz« in meinem Roman gelangt, um noch ein Wort von Toni Morrison in Betracht zu ziehen.

Doch auch der viele Schnee, den es in diesem Roman noch verschwenderischer gibt als in all meinen anderen Büchern, in denen ich auch nicht gerade sparsam damit umgehe, ist in gewisser Weise ihr geschuldet und ihrer Beobachtung in einem anderen Essay desselben Bandes, »Vom Schatten schwärmen«, dass amerikanische Schriftsteller wenigstens einer bestimmten Epoche die Neigung hätten, in »Darstellungen eines undurchdringlichen Weiß« zu flüchten, kaum dass sie ein bisschen Schwarz zugelassen haben, Ausweichbewegungen, »die in der amerikanischen Literatur immer dann auftauchen, wenn eine afrikanistische Präsenz im Spiel ist«, geradeso, als wäre sonst die Bedrohung, die Unruhe, vielleicht sogar das schiere Leben, das davon ausgeht, nicht zu ertragen. Ob das statistisch wirklich haltbar ist, kann ich nicht beurteilen, aber ich habe mir alle

Mühe gegeben, dass Toni Morrisons Befund auch auf mich zutrifft, und ihn gleichzeitig auf den Kopf gestellt und regelrecht geschwelgt in Weiß, allerdings nicht als Reaktion auf den Auftritt eines Schwarzen, sondern als Vorankündigung, als eine Art Teppich, den ich ihm damit auslege.

Auf die Spitze getrieben wird das in dem Bild eines schwarzen Bullen, der in einem frühen Augustschnee steht. Dahinter verbirgt sich eine Kindheitserinnerung meines Erzählers, der darauf sowohl mit Euphorie als auch mit Panik reagiert. Angesichts seines unaufhörlichen Schwärmens für den Schnee muss er sich von seinem Freund sagen lassen: »›Hast du dich nie gefragt, was du eigentlich damit zum Ausdruck bringen willst, wenn du voll Inbrunst sagst, es gebe nichts Schöneres für dich, als wenn die ganze Welt weiß sei?‹«, was an anderer Stelle zu folgendem Dialog führt:

»›Schnee im August?‹

›Den gibt es dort, wo ich herkomme.‹

›Schnee auf dem Kilimandscharo?‹

›Auch den gibt es oder hat es zumindest gegeben.‹

›Schnee an den Ufern des Nils?‹

›Ich weiß nicht.‹

›Schnee in der Hölle?‹

›Da muss ich endgültig passen‹, sagte ich lachend. ›Aber du weißt, für mich könnte als Definition für sie durchgehen, dass es in ihr keinen Schnee gibt ...‹«

Dieser Freund, das ist der Hintergrund, hat einen amerikanischen Vater, und ohne dass ein Leser das am Anfang entschlüsseln könnte, findet sich außer Hinweisen wie diesem kleinen Gespräch, was es bedeute, wenn die ganze Welt weiß sei, die einzige »Markierung« in seinem Namen. Er heißt eigentlich Karl, nach seinem über alles geliebten deutschen Großvater von der Mutterseite, schreibt sich jedoch mit »C«, seit er als Achtjähriger bei den Leichtathletik-Weltmeisterschaften in Stuttgart Carl Lewis laufen gesehen hat. Das ist der Hinweis auf sein Anderssein, sofern es da überhaupt Sinn ergibt, von Anderssein zu sprechen.

Der dritte Essay in Toni Morrisons Band, »Schwarze Angelegenheiten«, handelt von der Konstruktion einer amerikanischen Persona als Weißer in der amerikanischen Literatur, die dafür den Schwarzen braucht, sei es als »afrikanistische Präsenz«, sei es in seiner beschwiegenen Abwesenheit. Der Schwarze hat demnach die Funktion, den Weißen überhaupt erst weiß zu machen. Er dient »bis heute diesem Zweck«, wie es in einem anderen Essay von ihr heißt, »die weiße Unterschicht aus der Wahrnehmung zu verdrängen, die Nation und die Gesellschaft dadurch zu homogenisieren und die wahren sozialpolitischen Konfliktlinien unkenntlich zu machen«, weil selbst Weiße ganz unten sich damit zufriedenstellen lassen, dass es immer jemanden gibt, der noch weiter unten ist oder jedenfalls zu sein scheint als sie. Der Weiße ist weiß, weil er nicht schwarz ist, so einfach stellt sich die Rechnung dar, von der viel zu lange übersehen wurde, dass sie nicht aufgeht, und er kann seine Freiheit und Individualität und Männlichkeit und alle anderen amerikanischen Ideale besonders triumphal vor einer möglichst namenlosen, gesichtslosen und geknechteten Masse feiern, die ihm allein durch ihre Existenz seine Größe bescheinigt.

Noch weiter gegangen in diesem Antagonismus ist Frank B. Wilderson III. In seinem Buch *Afropessimismus* schreibt er, die Weißen brauchten die Schwarzen, um sich ihres eigenen Menschseins zu vergewissern. »Natürlich kann der Mensch sagen: Ich weiß, dass ich auf der Ebene der Identität am Leben bin, weil ich Spanisch oder Französisch oder Englisch spreche, weil ich heterosexuell oder homosexuell bin oder weil ich reich bin oder zur Mittelschicht gehöre«, heißt es darin etwa. »Um jedoch sagen zu können, dass ich auf einer paradigmatischen Ebene lebe, dass ich wirklich und wahrhaftig ein Mensch bin und nicht das andere ... das kann nur in jenem Maße gewährleistet werden, in dem man sagen kann: Ich bin nicht Schwarz.«

Zustimmen wird man dem nicht einfach so wollen, aber sollte doch etwas dran sein, wäre der Gedanke, dass es in den USA vorher einen schwarzen Präsidenten gebraucht hat, um möglich zu machen, was darauf folgte, der sich in Ta-Nehisi Coates' Essayband *We Were Eight Years in Power* findet, gar nicht mehr so abgründig, sondern eine Banalität: »Es ist, als hätte sich der Stamm der Weißen zusammengefunden, um zu demonstrieren: Wenn ein schwarzer Mann Präsident werden kann, dann kann auch jeder beliebige weiße Mann – egal wie verkommen – Präsident werden.« Denn das hieße, dass die Weißen fortan nicht einmal mehr nach dem Besten unter ihnen suchen müssten, weil jeder genügte, und es hat nicht lange gedauert, bis sich diese Prophezeiung erfüllt hat, nein, es ist gleich bei der allerersten Gelegenheit geschehen.

Nun bin ich kein Amerikaner und auch kein amerikanischer Schriftsteller, selbst wenn ich manchmal damit kokettiere, es könnte einer an mir verlorengegangen sein, aber weil es in meinen letzten Romanen amerikanische Schauplätze und jeweils einen amerikanischen Strang der erzählten Geschichte gibt, wundert es mich nicht, dass sich auch mir die Frage einer möglichen »afrikanistischen Präsenz« immer deutlicher gestellt hat, die ich dann zu einer »afrikanischen Präsenz« machen wollte. Es gibt schwarze Figuren in diesen Romanen, wenn anfangs auch noch ganz an den Rändern, und ein einziges Mal solche, die auch als schwarz beschrieben werden. Ansonsten habe ich darauf vertraut, dass sich das aus den Umständen erschließt, und sie nicht über die Hautfarbe charakterisiert, weil mir gerade das als problematisch erschienen wäre, aber ich frage mich, ob ich mich unter dem Blick von Toni Morrison anders entschieden hätte, die in ihrem Essay »Das unausgesprochene Unaussprechliche: Die afroamerikanische Präsenz in der amerikanischen Literatur« schreibt: »Wenn ich die amerikanische Literatur betrachte, denke ich unwillkürlich, dass die Frage nie hätte lauten sollen: ›Warum komme ich, eine Afroamerikanerin, darin nicht vor?‹ Das ist eine ohnehin nicht besonders interessante Frage. Die weit interessantere lautet: ›Welche intellektuellen Anstrengungen haben der Autor oder sein Kritiker unternommen, um mich aus einer Gesellschaft zu löschen, in der es von Menschen wie mir wimmelt, und wie hat sich das auf dieses Buch ausgewirkt?‹«

Habe ich intellektuelle Anstrengungen unternommen, die einer solchen Auslöschung zuarbeiten? Ich glaube nicht, eher ist es, unschön genug, »strukturell« zu erklären und aus einer paradoxen Mischung aus Nachlässigkeit und Vorsicht und einem allzu selbstverständlichen Nichtzuständigkeitsdenken geschehen, dass ich mich so lange daran erst gar nicht herangewagt habe. Doch plötzlich sehe ich allenthalben schwarze Figuren in meinen Romanen, von denen ich mir nicht einen Augenblick überlegt habe, dass sie schwarz sein könnten, und die ich, hätte ich mir das überlegt, wahrscheinlich trotzdem nicht als schwarz bezeichnet hätte.

Wie könnte es in *Die kommenden Jahre* bei einer Gruppe von

internationalen Wissenschaftlern, die sich zu einem Kongress in New York treffen und als Glaziologen zugegeben ganz schön viel symbolisches Weiß repräsentieren, auch anders sein, als dass ein paar von ihnen schwarz sind, aber in der Individualisierung bin ich für meine Erzählung mit einem Wissenschaftler jugoslawischer Abstammung und einer Wissenschaftlerin mexikanischer Abstammung ausgekommen und hätte es als zu gewollt empfunden, hätte ich einen von den anderen auch noch explizit als schwarz bezeichnet. Zudem steht im Zentrum des Romans eine syrische Flüchtlingsfamilie, mit deren Kategorisierung, ob »weiß« oder »schwarz« oder was auch immer dazwischen, ich gar nicht erst beginnen wollte, weil ich solche Farbenspiele lieber anderen überlasse. Und es gibt das Haus eines Industriellen nördlich von New York, in das die Wissenschaftler für ein Wochenende eingeladen sind und von dem es heißt, dass von seinen Bediensteten alle bis auf einen schwarz sind. Das zu bemerken scheint mir von Bedeutung, weil in dieser Bemerkung weniger ein Klischee als eine Kritik an den immer noch herrschenden Zuständen steckt, und es ist kein Zufall, dass der Erzähler von dem Haus sagt, er hätte es »eher in den Südstaaten erwartet«: »Zweistöckig, weiß und ganz aus Holz, mit einer rundum laufenden Veranda und ausladenden Balkonen, hatte es etwas von einem gestrandeten und dann in einer Mammutanstrengung über Land geschleppten Mississippi-Dampfer«, und natürlich könnte es in diesem Vergleich nicht irgendein x-beliebiger Dampfer sein.

Auch unter den Air-Base-Leuten, die in *Als ich jung war* für eine Ferienwoche aus Cheyenne nach Jackson, Wyoming, kommen, sind wahrscheinlich Schwarze, aber sie sind bis auf einen nicht individualisiert und treten nur als Gruppe auf, und ich hätte schon in dem Sheriff oder dem Hilfssheriff des Städtchens mit seiner überwiegend weißen Einwohnerschaft einen Schwarzen haben müssen, aber der ist japanischer Abstammung, weil mir das die Gelegenheit geboten hat, in einem Satz zu erzählen, seine Großeltern seien als Japaner während des Zweiten Weltkriegs in einem Camp nördlich von Cody interniert gewesen. Was ist mit der Gruppe von Schneemobil-Verrückten, die ihr eigenes Wochenende haben und allein durch die Art ihrer Tätigkeit viel Weiß für sich in Anspruch nehmen: Gibt es unter ihnen Schwarze? Nicht weit von Jackson liegt das Wind-River-Reservat, das immer wieder das Ziel von Betrunkenen ist, von denen es unheilvoll heißt, dass sie nach Mitternacht »auf die Idee kamen, den Indianern einen Besuch abzustatten, wie sie sagten«, weil die Phantasien nicht auszurotten sind, »dass dort auf den verlassenen Straßen zwischen den verstreuten Häusern und Trailern Mädchen aus den ärmsten Familien für ein Butterbrot zu haben waren«. Abgesehen davon, dass auch die nicht weiß sind, will man sich unter den unliebsamen nächtlichen Besuchern Schwarze vorstellen? Ich weiß es nicht, doch ich hätte vielleicht auf den Fahrer des zum Leichenwagen umfunktionierten Pick-ups, der auf diesem Gefährt eine Leiche von Jackson, Wyoming, nach Seattle transportiert, setzen können, auf sein mögliches Schwarzsein, hätte mir damit aber wohl nur den Vorwurf eines Klischees eingehandelt. Oder ich hätte es mit der Zuschreibung bei einem der beiden Hemingway-Lookalikes versucht, die der Erzähler auf einer Schneeschuhwanderung in die Wildnis führt, und hätte mit dieser Idee bei einer sehr woken Gemeinde womöglich Anklang gefunden, wäre damit jedoch nicht über Klamauk und eine Parodie hinausgekommen.

Schließlich ist auch das Filmteam an der mexikanisch-amerikanischen Grenze in El Paso in *Der zweite Jakob* ohne Zweifel gar nicht denkbar ohne Schwarze, aber ich hätte die Hervorhebung von einem von ihnen als schwarz, wenn es sich nicht aufgedrängt hätte, als allzu geschmeidige Erwartungs- und vielleicht sogar Quotenerfüllung gesehen, weil es natürlich auch keine Hervorhebung von anderen als weiß gibt und es schon Gründe für eine solche Hervorhebung braucht.

In dem Roman kommt eine Tote am Straßenrand irgendwo in der Wüste von New Mexico vor, und zwischen dem Erzähler und seinem Freund Stephen entspinnt sich ein unangenehmes, kleines Gespräch über ihren Namen. Sie heißt Calisa Cole, und diese Information allein soll genug sein für die Frage, ob sie schwarz gewesen sein könnte. Ein Leser kann das natürlich nicht wissen, aber für meine Privatmythologie war es beim Schreiben der Stelle von einiger Wichtigkeit, dass ich in der Wirklichkeit einmal eine Frau dieses Namens gekannt habe, die weiß war, so dass ich vor mir selbst gar nicht in den Verdacht kommen konnte, ich dächte vielleicht ähnlich verquer wie Stephen, der es partout wissen will, nachdem der Erzähler ihn zur Rede stellt:

›»Warum sollte sie schwarz gewesen sein?‹

›Na ja‹, sagte er. ›Wer heißt Calisa Cole?‹

›Sie war weiß wie …‹

Mir fiel kein passender Vergleich ein, aber ich hätte am liebsten gesagt: ›Sie war weiß wie Scheiße‹, weil ich eine solche Frage von Stephen nicht erwartet hätte.

›Ich muss es wissen‹, sagte ich stattdessen nur. ›Ich habe ihr lange genug ins Gesicht gesehen. Das Wort dafür ist „leichenblass", wenn du verstehst, was ich meine. Außerdem ändert es nichts an unserem Problem. Eine Tote ist eine Tote, nehme ich an, egal, welches Leben und welche Hautfarbe sie gehabt hat.«

In einer Verfilmung wäre es anders, man würde bei einer Gruppe gar nicht umhinkommen, ihre einzelnen Mitglieder auch nach äußeren Kriterien zu besetzen, aber in der Literatur kann vieles unbestimmt bleiben, und jede Charakterisierung einer Figur sollte implizit eine Rechtfertigung für diese Charakterisierung mitenthalten. Anders gesagt, in einem Film sieht man, ob darin Schwarze vorkommen oder nicht, in einem Buch können sie vorkommen, ohne dass es gesagt wird, und es gilt vor allem, unsere Phantasie zu schulen, dass wir am Ende so weit sind, nicht mit automatischen Festlegungen zu reagieren, wo es diese Festlegungen nicht gibt, also nicht per se schon anzunehmen, eine Figur sei weiß, nur weil nichts weiter über sie gesagt wird, sie sei heterosexuell, sie sei entweder ein Mann oder eine Frau und nicht irgendein Drittes, und meinetwegen auch nicht, sie sei ein Mensch und nicht eine Maschine, die nur so tut, als wäre sie einer.

Ausreden, Zurechterklärungen und womöglich der falsche Stolz auf die eigene Farbenblindheit oder auch nur auf die eigene vermeintliche Farbenblindheit, der man nicht so leicht trauen sollte und gegen die Toni Morrison sich in ihren Essays mehrfach verwahrt, die sie gleichzeitig aber dann doch auch als Möglichkeit in der Literatur sieht?

Weiße Teddybären, die ich beim Herumblättern in meinen Romanen finde, ein weißer Teddybär, der ausgerechnet den Namen eines amerikanischen Präsidenten trägt, ein anderer in XXL-Größe in der Kammer einer wahrscheinlich schwarzen Prostituierten in Amsterdam, das Edelweißabzeichen eines staatlich geprüften Skilehrers, ein Bildband mit Fotografien von Schneeflocken, hier »ein rosiges Jungengesicht mit blonden, wie gefrosteten Härchen auf den Wangen«, dort ein Mädchen mit einem »Husky-Blick, eisig und starr«, das natürlich auch blond ist und zu allem Überfluss »Flocke« genannt wird, und Schnee, Schnee, Schnee, wohin man auch blickt, oder die Sehnsucht nach Schnee, wenn es irgendwo einmal keinen gibt.

Ein paar Sätze wieder von Toni Morrison: »Eine farbenblinde, rassenneutrale Umgebung sehe ich weder voraus, noch will ich sie. Die Zeit dafür war das neunzehnte Jahrhundert«, schreibt sie an einer Stelle, und an einer anderen: »Ich fand schon immer, dass dieselben Leute, die eine Rassenhierarchie erfunden haben, als sie ihnen nützlich war, nicht diejenigen sein sollten, die dieses Konzept jetzt, da es ihnen nicht mehr zweckdienlich erscheint, wegerklären.« Und an einer wieder anderen: »Verschärft wird die Situation dadurch, dass Gespräche über ›Rasse‹ angstbesetzt sind – dies umso mehr, als es als angemessen, liberal, ja großherzig gilt, die ethnische Zugehörigkeit zu ignorieren ... Folgt man dieser Logik, spricht jeder wohlerzogene Instinkt gegen das Registrieren der Differenz und verhindert eine erwachsene Debatte.«

Wohin also mit der eigenen Farbenblindheit oder vermeintlichen Farbenblindheit oder auch nur dem Wunsch nach ihr, die Ta-Nehisi Coates in seinen Essays im übrigen mehrfach bei Barack Obama feststellt, von dem er sagt, er habe sich inszeniert als »das Symbol einer Gesellschaft, die die denkfaulen Einteilungen in Rassen hinter sich gelassen hat«, und den er bei aller Bewunderung kritisiert »für sein Beharren auf ›farbenblinder Politik‹ und für seine Neigung, Schwarzen wegen ihrer angeblichen Defizite die Leviten zu lesen«? Sich ausgerechnet bei dem grundsätzlich nie nach einem Ausgleich suchenden

Frank B. Wilderson III nach einer Antwort oder vielleicht auch nur nach Exkulpation umsehen, der schreibt: »Kurzum, das Bewusste eines radikalen Menschen sagt: ›Ich sehe Farbe nicht‹, während das Unbewusste ›sagt‹ (und zwar in Formen, die aufs Seltenste lesbar sind): ›Ich lebe in Angst vor einem Schwarzen Planeten‹«? Oder doch noch einmal Toni Morrison hinzuziehen, die nach dem Lesen von J. M. Coetzees *Leben und Zeit des Michael K.* ihren eigenen Plädoyers gegen Farbenblindheit zu widersprechen scheint?

»Ich bin nicht allein damit, dass ich mich auf ›Rasse‹ als Nicht-Signifikanten konzentriere«, schreibt sie. »John Coetzee hat das ... ziemlich gekonnt gemacht. In diesem Buch treffen wir augenblicklich Annahmen, ausgehend davon, dass es in Südafrika spielt, dass die Hauptfigur ein armer Lohn-, manchmal auch Wanderarbeiter ist; dass die Leute in aller Regel vor ihm zurückschrecken. Aber er hat eine schlimme Hasenscharte, die vielleicht der Grund für sein Pech ist. Nirgendwo in dem Buch wird Michaels Rasse erwähnt. Als Leser nehmen wir etwas an, oder wir tun es nicht. Was, wenn wir die unsichtbare Tinte in dem Buch läsen und feststellten, dass es anders ist – wenn wir es als Drangsale eines armen weißen Südafrikaners läsen (die Legion sind)?«

Natürlich kann einem das Unbewusste jeden Streich spielen, und vielleicht sollte man besonders vorsichtig sein, wenn einem das eigene Bewusstsein signalisiert, man sei auf der sicheren Seite, aber warum nicht beides, solange man nicht mehr weiß, »eine erwachsene Debatte«, bei der über »Rasse« nicht ebenso verschämt wie unbehaglich geschwiegen wird, und trotzdem »›Rasse‹ als Nicht-Signifikant«? Denn selbst wenn man dem Gespräch gern ausweiche, muss dann ja doch darüber gesprochen werden, spätestens wenn andere es zum Problem machen. Man kommt mit seiner eigenen Farbenblindheit oder auch nur seiner eigenen vermeintlichen Farbenblindheit nur so lange durch, bis man es mit Leuten zu tun hat, die nicht bloß Farben sehen, sondern darauf bestehen, Farben zu sehen und einen Unterschied zu machen, ob in kämpferischer, ob in wohlwollender, wohlmeinender oder auch nur gönnerhafter, ob in rassistischer Absicht, wobei die Grenzen zwischen dem, was das eine ist und was das andere, nicht immer ganz klar verlaufen.

Damit ist jedoch die Frage noch nicht berührt, wer sprechen darf, die sich für mich selbst gar nicht so sehr stellt, wie ich sie mir vielleicht stellen lassen muss oder zumindest wohl gestellt bekommen werde. Keine »afrikanische«, nicht »afrikanistische Präsenz« in einem Roman, und man muss sich fragen lassen, warum, zumal wenn die Schauplätze des Romans danach sind, aber kaum hat man eine »afrikanische Präsenz«, ist die Frage sicher, wie man dazu kommt, was diese Bemächtigung soll, warum man nicht bei seinen Leisten oder auf seinem eigenen Misthaufen bleibt, der ohnehin für sich zum Himmel stinkt, ein ewiger, unauflösbarer Widerspruch. Es würde nicht helfen und wäre nur peinlich, wenn ich mich, weder zynisch noch wirklich ernst gemeint, aber es sei doch einmal durchdekliniert, auf die Suche nach meinen Vorfahren und den Vorfahren meiner Vorfahren machte und dabei zuerst noch auf Italiener stieße und unter diesen Italienern vielleicht auf Sizilianer und unter den Sizilianern auf wenigstens einen, von dem sich verbürgt sagen ließe, dass er wiederum Vorfahren hat, die vom afrikanischen Kontinent stammen, und dabei die Pigmentierung dieser Väter und Großväter und Urgroßväter immer dunkler würde. Wie viele Generationen will man in Betracht ziehen, oder will man allen Ernstes vom Blut sprechen, und es genügte ein Tropfen, wie es das Kriterium der allerextremsten Rassisten im amerikanischen Süden war, und ich müsste nur diesen einen Tropfen irgendwann in einer sagenumwobenen Vorzeit nachweisen können, um sprechen zu dürfen?

Am radikalsten in Frage gestellt hat diese Verbote Frank B. Wilderson III, und das beginnt bei ihm damit, dass er einen Begriff von Schwarzsein als Prämisse setzt, der notwendig die Sklaverei zur Voraussetzung hat. Nicht jeder Sklave muss ein Schwarzer sein, aber kein Schwarzer ist nach dieser eng geführten Definition ohne die Sklaverei zu denken. Das ist ohne Zweifel eine sehr amerikanische Perspektive, und sie bringt ihn in eine manchmal aggressive Opposition zu den von ihm so genannten nicht-Schwarzen People of Colour, die er »Juniorpartner der *weißen* Zivilgesellschaft« nennt, womit er nicht weniger als »Handlanger« meint.

Bei James Baldwin, der seit seiner Wiederentdeckung oder genaugenommen überhaupt erst seit seiner Entdeckung in Deutschland von vielen für vieles in Anspruch genommen wird und entsprechend für vieles herhalten muss und neben der Anerkennung für seine intellektuelle Unbestechlichkeit und Brillanz regelrechte Liebeserklärungen und Komplimente zu seinem Aussehen bekommt, hört es sich in seinem Buch *Nach der Flut das Feuer* weniger kategorisch, aber dennoch bestimmt an: »Ich bin also nach Name und Gesetz der Nachfahre von Sklaven in einem protestantischen weißen Land, und genau das ist ein ›American Negro‹, genau das – ein entführter Heide, verkauft wie ein Tier, behandelt wie ein Tier und von der amerikanischen Verfassung einst als Dreifünftel-Mensch

DAS UNGLÜCKLICHE TERRITORIUM

eingestuft, der gemäß ... Gerichtsentscheid ... keine Rechte besaß, die ein Weißer zu respektieren hätte.«

»Ich schäme mich nicht dafür, dass meine Großeltern Sklaven waren«, sagt der Erzähler in Ralph Ellisons Roman *Der unsichtbare Mann*, um noch einen Kronzeugen aufzurufen, gleich auf den ersten Seiten von sich. »Ich schäme mich nur für mich selbst, dass ich mich irgendwann einmal dafür geschämt habe.«

Alle drei, das ist unbedingt zu vermerken, beziehen am Ende den wildesten und widerständigsten Stolz aus diesem Umstand. Aber Frank B. Wilderson III geht in seiner Apodiktik so weit, dass ein Schwarzer nach seiner Definition sich nicht als Unterdrückter unter anderen Unterdrückten begreifen kann. Denn für ihn gibt es im Gegensatz zu allen anderen »keine kohärente Form der Wiedergutmachung ... außer Frantz Fanons ›Ende der Welt‹«, weil es für die Menschheit bei einem, den sie einmal außerhalb der Menschheit gestellt und dem sie sein Menschsein abgesprochen hat, für immer zu spät ist.

Das lässt ihn mit einem arroganten Blick auf die Sprachspiele schauen, die in akademischen Kreisen zum Thema »Rasse« ausgetragen werden, und eine harsche Distanz insbesondere zu den Wohlmeinenden suchen, denen er bescheidet, dass jeder Versuch einer Eingemeindung in die große Gruppe der Benachteiligten vergeblich sei. Bei Ralph Ellison wiederum findet sich der Satz, der alldem die entsprechende Absage erteilt: »Was wir wollen, sind nicht Tränen, sondern Zorn.« Das heißt, Betroffenheit allein hilft nicht, und gerade die ohnehin nicht wirklich Betroffenen können sich ihre Betroffenheit sonstwohin stecken.

Frank B. Wilderson III spricht von drei Stufen des Terrors. Die ersten beiden, die den schwarzen Körper und den Status des Schwarzen in der Gesellschaft betreffen, sind die offensichtlichen, für die stehen »die Polizei, die Armee, die Gefängnisindustrie« sowie das sogenannte System überhaupt, die »hegemonialen Blöcke der Zivilgesellschaft«, aber besonders harsch ins Visier nimmt er die »dritte Stufe des Terrors, mit der das Schwarze Denken zu ringen hat ... Der unerbittliche Terror, der sich immer dann ausbreitet, wenn die sogenannten Verbündeten der Schwarzen laut denken« und damit deren Denken gefährden, was ihm natürlich nicht nur Freundschaften eingetragen hat.

»Diese dritte Stufe terrorisiert durch ein Verbot der Darstellung der Schwarzen, gekoppelt mit einer ›Forderung‹ nach Schwarzer Darstellung – Tanz, Johnny, tanz!« schreibt er weiter. »Man könnte sagen, dass diese dritte Stufe die Darstellung Schwarzer Gedanken verlangt, allerdings als Auslöschung.«

Damit will ich mir nicht etwa einen Freibrief verschaffen, den ich nicht haben kann, sondern eher die Frage stellen, ob es solche Sprechverbote tatsächlich gibt und, wenn ja, wer sie erteilt und ob sie gegebenenfalls überhaupt von Belang wären. »*Who are you to judge?*« Das Problem bleibt ohnehin, dass sich auf die vermeintlich richtige Seite zu stellen, wenn es nicht viel kostet, nicht zwingend zur Folge hat, dass man dann auch auf der richtigen Seite *steht*, wenn es nicht mehr Theorie und Experimentieren ist, sondern Wirklichkeit, die Einsatz fordert und nicht nur Worte, Worte, Worte, eigenen Einsatz, mit Risiko verbunden.

Aber wie komme ich von dieser ganz großen Geschichte, in der ich mir keine Stimme anmaße, zu der vergleichsweise kleinen Geschichte zurück, die ich in meinem Roman *Vier Tage, drei Nächte* erzähle und in der die Protagonisten die große Geschichte zuerst ausblenden, die sich dann aber doch Geltung verschafft? Merkwürdigerweise oder vielleicht gar nicht merkwürdigerweise ist unter den vielen entsetzlichen Geschichten, auf die ich beim konzentrierten Lesen von Autoren wie Ralph Ellison, James Baldwin, Toni Morrison oder Colson Whitehead gestoßen bin, die Geschichte, die mich am meisten ergriffen hat, genauso eine vergleichsweise kleine, aber natürlich liegt der Haken in dem »vergleichsweise«. Denn es wäre nichts leichter, als einen regelrechten Überbietungsschaukampf zu veranstalten, welchen Demütigungen die Figuren in ihren Romanen ausgesetzt sind, sei es in der Sklaverei, sei es in den Jahrzehnten danach, sei es während der Bürgerrechtsbewegung, sei es, trotz aller Errungenschaften nachher, bis in jedes augenblickliche Jetzt.

Nichts leichter als das und nichts schwerer vermutlich auch deshalb für diese Autoren, als unter den ungeheuerlichen Fakten, nach denen keiner von ihnen auch nur eine Sekunde hätte suchen müssen, eine Auswahl zu treffen. Was erzählt man und was lässt man weg, insbesondere wenn Unrecht auf Unrecht folgt und der schiere Wunsch nach Gerechtigkeit einen dazu treibt, eines nach dem anderen aufzuzählen, und Romanökonomie und Ästhetik ganz andere Forderungen mit sich bringen, die jeder Ethik zuwiderzulaufen scheinen? Jeder Autor und jede Autorin weiß, dass ein Roman seine eigenen Gesetze des »Mehr ist weniger« hat, dass es bei seiner ganzen Gefräßigkeit, sich möglichst alles einzuverleiben, was einem beim Schreiben in die Quere kommt, schnell einmal eine Pornografie des Faktischen gibt, einen Overkill oder wie man es nennen will, und damit verbunden die Gefahr einer immer höheren Dosierung, einer immer höheren Stimulierung und eine sukzessive Auslöschung, aber wo anfangen und wo enden mit dem Weglassen, wenn jedes begangene Unrecht nach Recht schreit?

Unerträglich und notwendig in Toni Morrisons Roman *Menschenkind* die Stelle, wo Sethe ausgepeitscht und davor noch eine Kuhle im Boden gegraben wird, damit sie sich so hinlegen kann, dass das werdende Kind in ihrem Bauch vor den Schlägen geschützt ist, nicht etwa aus einem Rest von Menschlichkeit, sondern weil natürlich auch das werdende Kind schon Besitz ist auf einer Plantage in Kentucky, einen Marktwert hat als »etwas«, das später verkauft oder dessen Arbeitskraft ausgebeutet werden kann, und allein deshalb nicht zerstört werden darf.

Unerträglich und notwendig die Stelle in Ralph Ellisons Roman *Der unsichtbare Mann*, in dem der Erzähler gleich nach dem Zweiten Weltkrieg, gerade mit der Highschool fertig, auf einem Event für die weißen Honoratioren der nicht namentlich genannten Stadt irgendwo im Süden eine Rede halten »darf« und feststellt, das er sich diese »Ehre« erst »verdienen« muss, indem er vorher an einer sogenannten Battle Royale teilnimmt, einer Belustigung für die Weißen, in der seine schwarzen Mitschüler wie Tiere aufeinander losgelassen werden. Das soll ihm zeigen, wo sein Platz ist, wie klug auch immer er sich präsentieren mag. Es erinnert wohl nicht zufällig an die blutigen Kämpfe, die Thomas Sutpen in *Absalom, Absalom!* zu seinem Vergnügen zwischen seinen Sklaven veranstaltet und die regelmäßig damit enden, dass schließlich er selbst in den Ring tritt und einen seiner Sklaven niederkämpft, um seine Willkür und seine Allmacht und die Überlegenheit der »weißen Rasse« zu demonstrieren.

Unerträglich und notwendig, wie Elwood in Colson Whiteheads Roman *Die Nickel Boys* in dem »das Weiße Haus« genannten Gebäude in der Besserungsanstalt in Florida, in die er schuldlos gelangt ist, ausgepeitscht wird, und sich zur Flucht entschließt, als er erfährt, er werde die nächste, für den folgenden Tag angesetzte Auspeitschung nicht überleben – »Morgen bringen sie dich nach hinten«, heißt das im Sprachgebrauch der Anstalt –, und auf der Flucht erschossen wird, und das alles noch in den sechziger Jahren des vergangenen Jahrhunderts.

Dann sind da aber auch Richard und Elizabeth in James Baldwins Roman *Von dieser Welt*, und von ihnen handelt die vergleichsweise kleine Geschichte, von der ich gesprochen habe, aber, wie gesagt, eben nur vergleichsweise. Sie gehen zusammen aus dem Süden nach New York und arbeiten dort beide im selben Hotel, er als Liftboy, sie als Zimmermädchen. Ihr Glück findet ein jähes Ende, als Richard eines Tages willkürlich von der Polizei festgenommen wird, die hinter drei Schwarzen her ist, die mutmaßlich einen Laden ausgeraubt haben, und ihn für einen möglichen vierten Täter hält. Er kommt in Gewahrsam, so nennt man das wohl, und wird geschlagen, und als er bei der Gerichtsverhandlung eine Woche später mangels Beweisen freigesprochen werden muss, ist etwas ein für alle Mal in ihm zerstört, und dieser Freispruch kommt zu spät. »Sie gingen sofort zu ihm nach Hause«, heißt es dann. »Und dort – ihr ganzes Leben würde sie das nicht vergessen – warf er sich bäuchlings aufs Bett und weinte.« Elizabeth ist schwanger, will ihm jedoch noch nichts davon erzählen, und während sie glaubt, Zeit zu haben, drehen sich die einmal in Gang gesetzten Räder unerbittlich weiter, bis zu der lakonischen Feststellung: »In der Nacht schnitt er sich mit einem Rasiermesser die

Pulsadern auf und wurde am Morgen von seiner Wirtin tot unter den dunkelroten Laken gefunden ...«

Ich werde mich hüten, das noch einmal eine vergleichsweise kleine Geschichte zu nennen, aber ihre niederschmetternde Logik bekommt sie wohl nur durch all die anderen Geschichten, erzählt oder nicht, in denen das Unrecht, das Richard angetan wird, jahrhundertelanges Recht der Stärkeren ist. Er hasst den Süden, und sein Weggehen von dort ist auch ein Versuch, diesem unsäglichen Kontinuum ein für alle Mal zu entkommen, in das er jedoch unversehens wieder hineingezogen wird. Einmal erzählt er Elizabeth, er sei kaum zur Schule gegangen, und als sie wissen will, warum er dann trotzdem so schlau sei, antwortet er mit einem Satz, der sein ganzes Selbstverständnis zum Ausdruck bringt: »»Ich hab einfach beschlossen irgendwann, ich will alles wissen, was die weißen Wichser wissen, aber besser als die, damit mir nicht so ein weißes Arschloch kommt, nie, nirgendwo, mir so von oben kommt, dass ich mir vorkomme wie ein Stück Dreck, obwohl ich ihm das Alphabet kreuzweise vortragen kann««, aber um Wissen ist es bei alldem ja gar nicht gegangen.

Ich bin schon wieder ausgewichen und würde am liebsten gleich noch einmal ausweichen und komme nun doch nicht umhin, mich der Aufgabe zu widmen, ein paar weitere Worte über meinen eigenen Roman und über Carl zu verlieren. Kann das dahingehend missverstanden werden, dass ich versuche, mich in eine Reihe zu stellen, in der ich nicht stehe und in der ich auch gar nicht stehen kann, oder reicht es, wenn ich versichere, dass mir allein daran gelegen ist, den Hintergrund wenigstens notdürftig auszuleuchten? Eine Figur in einem Roman »farbenblind« einzuführen, aber doch nicht anders zu können, als sich möglichst Information darüber zu verschaffen, und mehr noch das, was man in Romanen alles neben reiner Information bekommt, ein Empfinden, soweit das überhaupt möglich ist, für das, was Farbe oder vielmehr »Farbe« bedeutet. Dabei war meine Angst so groß, mich des amerikanischen Teils von Carls Geschichte zu bemächtigen, dass ich Carls Vater noch vor dessen Geburt ein für alle Mal nach Amerika zurückschicke und Carl nicht nur allein mit seiner Mutter in der Nähe von Stuttgart aufwachsen, sondern mit dem amerikanischen Teil seiner Geschichte abschließen und von sich selbst sagen lasse, er sei ein echter Schwabe und auf den amerikanischen Teil seiner Geschichte nicht besonders stolz, wobei das mit dem Stolz so eine Sache ist und er das »C« statt des »K« in seinem Namen ja nicht von ungefähr trägt.

Das schien mir überschaubar, ein Aufwachsen in Deutschland, keinen Kontakt zu seinem amerikanischen Vater beziehungsweise zum amerikanischen Teil seiner Familie, so dass es plausibel erscheint, dass ich davon, sowie das einmal festgestellt ist, auch wenig erzähle. Ändern würde ich jetzt, zwei Wochen vor Erscheinen des Romans, wohl, wenn ich noch könnte, dass ich aus Carls Vater einen Armeegeistlichen gemacht habe, was sicher vor allem mit meinem James-Baldwin-Lesen zu tun hat, dessen Roman *Von dieser Welt* mit dem Satz beginnt: »Alle hatten immer gesagt, John werde später einmal Prediger, genau wie sein Vater«, und mich jetzt überall, wo es um Schwarze geht, Prediger und Geistliche und vielleicht auch Armeegeistliche und dann womöglich diesen einen zu viel sehen lässt. Aber wie auch immer, mein Lektor, der in diesen Dingen ein sehr genaues Auge hat, hat nichts beanstandet, und ob die Kritiker daran herummäkeln oder nicht, soll für alle Zeiten das, was man über Carls Vater sagen kann, im wesentlichen sein, er sei »Armeegeistlicher in Deutschland gewesen und lebte jetzt mit seiner neuen Familie irgendwo im Osten von Texas«.

Carl selbst ist Flugbegleiter wie Elias, der Erzähler des Romans, und kennenlernen tun sie sich auf Flügen über den Atlantik. Kein Grund, etwas über Carls Hautfarbe verlauten zu lassen, die dem Erzähler nicht erwähnenswert scheint und die erst Bedeutung erlangt durch einen Stalker. Der hat es eigentlich auf Elias' Schwester Ines abgesehen, aber als er um das Haus in der Nähe von Berlin schleicht, in dem die beiden sich mit Carl aufhalten, der bei ihnen zu Besuch ist, scheint sich der Fokus seiner Besessenheit zu verschieben. Er sieht von seinem Auto aus Ines und Carl in dem hellerleuchteten Wohnzimmer sitzen, und allein die plötzlich größere Sorge von Elias, der ihn aus einem anderen Zimmer des Hauses im Dunkeln dabei beobachtet, ist ein deutliches Signal dafür, dass es ihm längst nicht mehr um Ines allein geht. Noch bevor er bei seinen Anrufen nach »dem Mann« zu fragen beginnt, ist eine zusätzliche Unsicherheit da, aber worauf er sich damit bezieht, wird erst vollkommen klar, als er nicht mehr von »dem Mann« spricht, wie er es bis dahin getan hat und bei dem Elias schon »eine ungute Färbung« wahrgenommen zu haben glaubt, sondern ein Schimpfwort verwendet: »›Ist der Affe immer noch da?‹«

Das endlich ist der Augenblick, in dem die beiden Geschwister nicht mehr anders können, als ihre eigene Farbenblindheit in Frage zu stellen. »Wir hatten tatsächlich nicht darüber geredet, und vielleicht war es ein Fehler gewesen, nicht darüber zu reden, vielleicht war es eigensinniger Stolz, unsere Aufgeklärtheit oder wie man es nennen wollte, auf die wir uns so viel zugute hielten und die im Ernstfall nur ein billiges Wort war …«, räsoniert der Erzähler. »Nein, wir hatten nicht darüber geredet und vermochten nicht einmal zu sagen, ob es klug war, nicht darüber zu reden, weil es gar nicht an uns lag, das zu entscheiden, aber auch Carl selbst hatte es nicht getan …« Im nächsten Absatz schließlich folgt die Frage: »›Du weißt, wie er zu seinem „C" gekommen ist?‹«, und deren Beantwortung bringt zu guter Letzt die vollständige Aufklärung.

So weit, so gut, aber dann sitzen die drei zusammen und erzählen sich in einer Art *Decamerone*-Situation in je eigenen Kapiteln die Geschichten ihrer jeweiligen ersten Liebe, und auf einmal gibt es neben dem Erzähler-Ich von Elias Ines' Ich und das Ich von Carl, in dessen Erzählung die Hautfarbe plötzlich doch eine Rolle spielt. Zwar sagt er noch, es gebe da keine Geschichte, ja, er beginnt seine Geschichte damit, dass er im ersten Satz behauptet, es gebe keine, aber das hört sich an »wie reines Wunschdenken«, »wie eine Beschwörung, die schon vom zweiten Satz widerlegt sein würde«. »Zweimal hielt er inne«, heißt es danach, »und überlegte, ob er [die Geschichte] in der Wirklichkeit noch hätte stoppen können, als sie erst einmal in Gang gekommen war, oder ob er sie wenigstens jetzt im Erzählen stoppen könnte oder stoppen sollte, um nicht, was geschehen war, noch einmal geschehen zu lassen, aber dann sprach er weiter und konnte nichts mehr dagegen tun, dass jeder Satz den nächsten wie ein Verderben hinter sich herzog.«

Angenommen, man identifiziert Elias' Ich mit meinem eigenen Ich, was man nicht tun sollte, aber was wahrscheinlich dennoch geschehen wird, weil ich damit spiele, dass es da zumindest eine Nähe gibt, habe ich mir dann das Ich von Ines, immerhin das Ich einer Frau, und Carls Ich, das Ich eines Schwarzen, unzulässig angeeignet, oder verringert es die Gefahr eher, wenn man Elias' Ich nicht mit meinem eigenen Ich identifiziert und man also davon ausgehen muss, dass ich mir schon das Ich von Elias angeeignet habe? Habe ich Ines und Carl ihre Stimme geraubt, oder habe ich ihnen in der spezifischen Erzählsituation eine Stimme überhaupt erst gegeben, die sie ohne mich gar nicht gehabt hätten? Macht es die Sache einfacher, dass ausgerechnet Carls Geschichte auf englisch geschrieben ist, als Versuch einer Distanzierung, als Hinweis, dass sich da gerade etwas nicht ganz Selbstverständliches ereignet, weil sich seine Geschichte doch nicht so leicht ohne die Geschichte seiner amerikanischen Vorfahren erzählen lässt, die irgendwann Sklaven waren, oder macht es alles nur noch komplizierter, weil ich mich bereits mit der anderen Sprache, die nicht meine Muttersprache ist, in sehr unsichere Gefilde begebe?

Ich kann diese Fragen nicht befriedigend beantworten, aber natürlich wirkt sich die Art ihrer Beantwortung eminent auf die Möglichkeiten und die Grenzen von Fiktion aus. Hat die Nacherzählung eines Verbrechens mehr mit seiner Wiederholung zu tun, als sich ein Autor eingestehen kann, wenn er weiterarbeiten will, zumal eine unbedachte Nacherzählung, eine, bei der ein Erzähler nicht gleichzeitig darüber nachdenkt, was er da tut und warum er es tut? Kann man in den Kopf eines Bösewichts oder Unholds schlüpfen, ohne damit zu denken, was *er* denkt, und seine Gedanken zu teilen, oder schlüpft man gar nicht in seinen Kopf und lässt ihn denken, was er denkt, gerade um seine Gedanken zu bannen, um sie möglichst weit von sich wegzuhalten, ein für alle Mal einzufrieren oder vielleicht sogar wie radioaktives Material in einem Endlager zu entsorgen? Das sind Fragen, die sich im dritten Teil meines Romans stellen, in dem es eine Fiktion in der Fiktion gibt und über einen Roman gesprochen wird, eine Dreiecksgeschichte, in der sich alle drei, ein weißes Paar und ein dazukommender Schwarzer, die Frage stellen lassen müssen, ob es wirklich so weit her ist mit ihrem aufgeklärten Denken, auf das sie sich berufen, oder ob es in der angespannten Situation, in der sie sich befinden, keine Garantien gibt und plötzlich wieder Platz ist für falsche Gedanken oder vielmehr falsche Empfindungen, die sie längst als solche erkannt haben, vor denen sie aber doch nicht sicher sind.

Der Roman trägt den Titel *Drei Arten, ein Rassist zu sein* und meint den jeweiligen Rassismus seiner Protagonisten. Die Zuschreibung mag sich bei dem weißen Mann vielleicht noch einfach gestalten, sein Rassismus ist ein Übersprung aus seiner Eifersucht, und auch bei der (weißen) Frau lässt sich unschwer eine Geschichte erzählen, sie schaut Pornos und interessiert sich ein bisschen zu sehr für schwarze Körper, aber wie verhält es sich mit dem Rassismus des Schwarzen? Lässt sich darüber reden, zumal in einem Roman im Roman und wenn die Problematik des Darüberredens mitthematisiert wird, oder ist das von vornherein tabu?

Bedeutet das automatisch eine Täter-Opfer-Umkehrung, oder könnte es genausogut auch nur Teil seiner Würde sein, ein Teil seiner Freiheit, die ihn nicht zum ewigen Gutsein verdammt, wenn man ihm zugesteht, dass manchmal unkontrolliert Rachegedanken in ihm aufblitzen, »es *ihnen* heimzuzahlen«, und dass er dabei nicht sehr differenziert ist, wen er mit »ihnen« meint, und mit »es« nur »alles« meinen kann, »jahrhundertelange Demütigungen, die in die brutalsten Phantasien mündeten wie im Krieg ...«, wie es in meinem Roman heißt?

VIERTER TEIL

Ich kann mir vorstellen, Frank B. Wilderson III, von dem seine Mutter gesagt haben soll, »ich würde lieber jemandes Faust mit meinem Gesicht verprügeln, als einen Weg zu finden, ein harmonisches Leben zu führen«, würde das umstandslos mit ja beantworten, aber auch bei dem viel sanftmütigeren James Baldwin finden sich Stellen, die ihn zu einem Kandidaten für ein Ja machen. »Dabei war das Schwierigste, etwas eingestehen zu müssen, das ich stets vor mir verborgen hatte, das schwarze Amerikaner ihrem gesellschaftlichen Aufstieg zuliebe immer hatten verbergen müssen: dass ich Weiße hasste ...«, schreibt er etwa in seinen »Autobiographischen Anmerkungen«, die sich in seinem Essayband *Von einem Sohn dieses Landes* finden, und in einem anderen Essay dieses Bandes steht wie als Ergänzung: »... außerdem ergreift Schwarze bei jedem Akt der Gewalt, insbesondere der Gewalt gegen weiße Männer, ein gewisser Schauer der Identifikation, der Wunsch, sie hätten es selbst getan, das Gefühl, dass endlich alte Rechnungen beglichen werden.« Und wer sollte es ihnen verdenken?

Der Satz in meinem Roman endet aber nicht mit »jahrhundertelange Demütigungen, die in die brutalsten Phantasien mündeten wie im Krieg ...«, er endet überhaupt nicht, er geht weiter mit »den Feind zur Strecke zu bringen, indem man die Frauen des Feindes ...« und läuft dann in drei Punkten aus. Die sofortige Entgegnung beim Sprechen über diesen Roman im Roman ist ein entsetztes: »›Willst du das wirklich schreiben?‹« Denn damit ist dann doch ein Tabu erreicht, weil das Wort, das sich anbietet, Tür und Tor für Missverständnisse öffnet.

Schließlich war die Plantage auch der Ort der selbstverständlichen massenhaften Vergewaltigung von schwarzen Frauen durch weiße Männer. Es gibt bei Faulkner eine Stelle, nur fällt mir partout nicht ein, in welchem seiner Romane, in der er beschreibt, mit welcher Beiläufigkeit ein Sklavenbesitzer in die Felder hinausreiten und seinen Aufseher nach der oder jener Sklavin schicken lassen konnte, und bedürfte es eines Beweises, waren da überall die Kinder, die solchen unseligen und gewiss nicht freiwilligen Verbindungen entsprangen. Wer die Vergewaltigten waren und wer die Vergewaltiger, ist demnach klar, aber besonders in der Zeit nach dem Bürgerkrieg stellt es sich in den übelsten Phantasien genau umgekehrt dar, »Vergewaltigung blieb der damaligen Mythologie zufolge das Verbrechen der Wahl für Schwarze«, wie Ta-Nehisi Coates in *We Were Eight Years in Power* schreibt, und das mag vor allem damit zu tun haben, dass sich der Blick der weißen Männer nach der Befreiung der Sklaven und damit dem Verlust eines Teils der menschlichen Ware, die sich in ihrem Besitz befand, um so paranoider auf den Erhalt und die Unversehrtheit ihrer Frauen richtete, die in diesem verdrehten Denken ihr letzter menschlicher Besitz blieben.

Ich habe mich also gehütet, statt der drei Punkte das Wort hinzuschreiben, um solchen Missverständnissen keinen Vorschub zu leisten, aber es gibt eine nicht ganz unproblematische Stelle in Ralph Ellisons Roman *Der unsichtbare Mann*, in der man gut sehen kann, wie weit die Phantasien auf beiden Seiten gehen. Darin lässt sich der (schwarze) Erzähler mit der (weißen) Frau eines Funktionärsbonzen ein und muss feststellen, dass sie ihn für ein Spielobjekt hält, mit dem in ihrer Phantasie alle Dinge möglich sind, eine Art domestiziertes wildes Tier. Sie will, dass er grob mit ihr redet, sie will, dass er sie schlägt, sie will, dass er ihr droht, sie zu ermorden, und hört nicht auf, ihn aufzufordern, genau das alles auch zu tun, bis er sich nicht anders aus dem Theater herauszuhelfen weiß, als sie bis zur Besinnungslosigkeit mit Alkohol abzufüllen und ihre Bedenken, er könnte für all das am Ende nicht mehr die Kraft haben, vorher noch zu beschwichtigen, indem er sagt, er vergewaltige wirklich gut, wenn er selbst betrunken sei: »›*Don't worry*‹, *I said.* ›*I rapes real good when I'm drunk.*‹« Schließlich schläft sie ein, und als sie ihn beim Wachwerden begierig fragt, ob er tatsächlich das Verlangte oder meinetwegen auch Ersehnte mit ihr getan habe, bestätigt er es ihr gern, obwohl er sie gar nicht angerührt hat, und versichert ihr auf ihren Wunsch, es jederzeit wieder tun zu wollen: »Wie wäre es jeden Donnerstag um neun?«

Dies alles schreibe ich in zwei heißen Sommerwochen, zuerst vier und dann, wie bereits erwähnt, nur mehr zwei Wochen bevor mein Roman erscheint. Dabei stimme ich Ralph Ellison natürlich zu, wenn er feststellt: »Was, wenn überhaupt etwas, gibt es, das ein Schriftsteller über seine Arbeit sagen könnte und das nicht besser den Kritikern überlassen bliebe?« Erklärungen sind schnell selbst einer Erklärung bedürftig und reichen nicht aus, um zu begründen, warum ich mich in das »unglückliche Territorium« verirrt habe, warum dies und warum das, oder stürzen mich als vorauseilende Verteidigungsreden nur noch tiefer in die Tinte, was im schlimmsten Fall allein als Metapher Probleme bereiten kann.

Am Ende habe ich einen Roman geschrieben und das zum Anlass genommen, Bücher endlich zu lesen, die ich immer schon lesen wollte, oder mit anderen Augen, einer anderen Neugier und anderen Fragestellungen wiederzulesen. Die Romane von Faulkner habe ich gelesen, seit ich *lesen* kann, Toni Morrison, seit ihre Bücher in Deutschland erschienen sind,

DAS UNGLÜCKLICHE TERRITORIUM

James Baldwin seit seiner Entdeckung oder Wiederentdeckung und Inanspruchnahme von allen und jedem jetzt, Colson Whitehead, seit die Pressechefin seines deutschen Verlags, der auch meine Bücher verlegt, von ihm schwärmt, nur Ralph Ellisons Roman *Der unsichtbare Mann* hat lange das Schicksal einer Handvoll anderer Bücher geteilt. Ich hatte es bislang nicht gelesen, aber seit über fünfundzwanzig Jahren bei jedem Umzug wieder in das Regal der noch zu lesenden Bücher gestellt, seit mein amerikanischer Freund in San Francisco gesagt hatte, ob sichtbar oder unsichtbar, es würde mir die Augen öffnen, und wahrscheinlich hat es überhaupt nur die immer noch ungelesene und wohl bis ans Ende aller Zeiten von mir ungelesen bleibende *Blendung* von Elias Canetti auf noch mehr Umzüge und noch mehr vergebliche Neuaufstellungen gebracht.

Die akademischen Diskurse und Sprachspiele habe ich indessen nur so weit verfolgt, wie sie in ihren Ausläufern in den Zeitungen in Erscheinung treten, weil mir immer die Romane als »*the real thing*« erschienen sind. Ich kann deshalb nicht sagen, gegen wie viele Vereinbarungen und Regeln ich verstoße, wenn ich »ich« sage und entweder mich meine oder gerade nicht mich meine oder wenn ich jemand anderen »ich« sagen lasse, der ich nicht bin und der ich auch gar nicht sein kann. Zumindest teile ich mir mit ihnen einen Platz auf der Welt und die Wittgenstein'sche Gemeinsamkeit, dass man bisher in jedem Schädel, den man geöffnet hat, ein Hirn gefunden hat, wie es in einem seiner Aphorismen heißt, was einem wenigstens Hoffnung auf Verständigung oder vielleicht sogar auf ein Verstehen gibt, wenn man sich außerdem endlich auf einen Sitz der Seele einigt und nur fest genug daran glaubt, dass man auch in jedem Herzen, das man öffnet, dann wirklich etwas findet.

Ich habe irgendwann einmal gesagt, Henry und Judith Sutpen, die beiden Kinder des ebenso gewalttätigen wie finsteren Plantagenbesitzers und Bürgerkriegsobersts Thomas Sutpen in Faulkners Roman *Absalom, Absalom!*, seien Figuren in der Literatur, die ich gern persönlich kennengelernt hätte. Nach einer Begründung bin ich nicht gefragt worden, und ich hätte wohl auch keine gehabt außer ihrer Einsamkeit, ihrer Fremdheit und Kälte, die sie mehr aus dem Mythos als aus der Realität kommen lassen und in mir das Neugier weckende Gefühl erzeugt haben, solche Menschen könne es doch gar nicht geben, also müsse ich sie mir anschauen, allein schon um zu verstehen, warum mich der Schreck packte, ich könnte verwandt mit ihnen sein. Jetzt würde ich das so nicht mehr aufrechterhalten und auf Clytemnestra umschwenken, ihre Halbschwester, Tochter von Thomas Sutpen und einer Sklavin, deren Name aus dem Mythos kommt, ein sprechender Name, die aber mit ihrer Existenz eine Realität bezeugt. Sie ist die letzte Überlebende, immerhin ein kleiner Triumph, des unseligen und sich selbst zugrunde richtenden Südstaaten-Clans der Sutpens und brennt zum Schluss von *Absalom, Absalom!* fünfundvierzig Jahre nach Beendigung des Bürgerkriegs das Herrenhaus auf der ehemaligen Plantage nieder, in dem sie ihr ganzes Leben verbracht hat, geradeso, als müsste sie alle Spuren von der Erde tilgen und auch noch die Erinnerung auslöschen, nachdem der letzte (weiße) Sutpen ausgelöscht ist.

Fünfter Teil

FÜR MEINE BIOGRAFEN

WO DU WOLLE?

> Tu sei bianco, tu sei nero,
> tu sei quasi jugoslavo.
> GIANNA NANNINI

Ich weiß nicht, ob sie in mir den Ausländer sahen oder ob sich ihre Haltung gar nicht darauf bezog und ich mir das nur einbildete. Es waren zwei Männer und eine Frau. Sie standen vor dem Eingang zur Hamburger Kulturbehörde und rauchten. Ich sollte dort mehrere Exemplare meiner Bücher abliefern, zwölf insgesamt, auf vier Pakete verteilt. Dafür hatte ich lauter gebrauchte Amazon-Verpackungen verwendet, und einer der drei Rauchenden trat mir jetzt in den Weg und fragte, zu wem ich wolle, er erwarte von der Firma eine Sendung.

Damit deutete er auf den Amazon-Schriftzug auf einem der Pakete, und ich ertappte mich dabei, wie ich mich augenblicklich verhielt, als wäre ich tatsächlich der Austräger. Ich versuchte, möglichst unbedarft zu schauen und mein schönstes Armer-Leute-Kind-Gesicht aufzusetzen, um ihm die Sache zu erleichtern. Zudem ließ ich die Schultern hängen, senkte den Blick und musste mich überhaupt nicht bemühen, verwaschen undeutlich zu sprechen, als wäre meine Muttersprache ganz sicher nicht Deutsch. Doch der Mann hatte sich schon enttäuscht abgewandt, und ich huschte an ihm vorbei ins Gebäude. Bis Weihnachten waren es nur noch wenige Tage, wahrscheinlich hatte er auf die Geschenke für seine Familie gehofft, die er sich ins Amt bringen ließ, und ich wusste es zu schätzen, dass er nicht auf die Idee kam, mich für einen Schriftsteller zu halten oder, viel schlimmer, für einen richtigen Künstler mit Künstlerattitüde, ein wenig verschmockt vielleicht, wie es sich gehörte, und Künstlersozialversicherung, das drohende Alter im Nacken, die niederschmetterndsten Bitt- und Bettelgänge bei Ämtern und Behörden noch vor mir.

Ein halbes Leben davor hatte ich mir während meines Mathematikstudiums in Innsbruck eines Tages eingebildet, ich müsse für eine Zeitung schreiben. Ich fackelte nicht lange und suchte die Adressen auf, die ich im Impressum der beiden Blätter fand, die für mich in Frage kamen. So hatte ich es auch gemacht, als ich die Geschichten zur Publikation anbieten wollte, die ich im Sommer nach der Matura in einer Dachkammer im Hotel meiner Eltern mit zwei Fingern in eine alte *Olympia* getippt hatte. Sie waren auf dem Papier meines Skilehrer-Vaters geschrieben, am unteren Ende jedes Blattes ein etwa einen Zentimeter breiter, roter Streifen mit der Werbung TYROLIA SKIBINDUNGEN, und ich hatte damit die ganze Stadt abgeklappert, war von einer Druckerei zur anderen gegangen und überall abgewiesen worden und irgendwann, als mir die Vergeblichkeit meiner Bemühungen allmählich einzuleuchten begann, sinnigerweise auch bei einer TYROLIA DRUCKEREI und einem TYROLIA VERLAG gelandet, die mir aber auch nicht helfen konnten.

Ich war also schon ein gebranntes Kind, aber mein Vorstelligwerden bei den beiden Zeitungen brachte mir im einen Fall einen Auftrag ein, und tatsächlich war ich bereits am Tag darauf Gerichtsreporter, zu einem Strafprozess am Landesgericht bestellt. Es ging um einen Vergewaltigungsversuch, und es war eine traurige Angelegenheit, ein unaufhörlich weinender Angeklagter, kaum volljährig, der eine junge Frau von ihrem Fahrrad gezerrt hatte, der es zum Glück gelungen war, ihn durch ihr Schreien zu verscheuchen, ein Gerichtsgutachter, der in Anwesenheit des Delinquenten über dessen Persönlichkeitsdefizite und dessen eingeschränkte Intelligenz referierte und einräumen musste, dass er ihn alles in allem vielleicht zwei Stunden lang in Augenschein genommen hatte, und ein Urteil, an das ich mich nicht mehr erinnere. Ich schrieb einen kleinen Bericht, schickte ihn unter einem lächerlichen Pseudonym an die Redaktion und ließ nie wieder etwas von mir hören, als er nicht abgedruckt wurde.

Mein zweiter Anlauf zu einer Journalistenkarriere bei der anderen Zeitung endete noch schneller. Ich kam gar nicht über die Portiersloge hinaus. Der Mann, der dort saß und dem ich kundtat, ich würde gern für die Zeitung arbeiten, sah mich gar nicht an und verstand unter Arbeiten jedenfalls nicht Schreiben. Er sagte, er wisse nicht, ob zur Zeit neue Austräger eingestellt würden, »Kolporteure« war das Wort, aber ich solle mich bei dem zuständigen Herrn melden, womit er mir einen Namen und eine Telefonnummer gab. Auch da versuchte ich schon, einen Ausdruck in mein Gesicht zu legen, bei dem er gar nicht auf den Gedanken kommen konnte, ich könnte etwas anderes von ihm gewollt haben, sollte er sich doch noch entschließen, seinen Blick zu heben, und meine Träume, über die anstehende Eishockey-Weltmeisterschaft zu berichten, über eine Miss-Wahl in Wien oder auch nur über die Verkehrsunfälle auf den heimischen Straßen, kamen mir wie die größte Verstiegenheit vor.

Meine Zuvorkommenheit, immer möglichst zu entsprechen, wenn mich jemand falsch einschätzte, oder die Erwartungen lieber noch zu unterlaufen, als mich zu wehren, hatte ich da nach meinen Hoteljahren als Kind, in denen es eine Überlebensstrategie gewesen war, sein Ich am besten auszulöschen, längst beim Autostoppen perfektioniert. Wenn die deutschen Touristen, die mich am Samstagnachmittag auf dem Weg vom Internat nach Hause mitnahmen, neugierig fragten, ob wir daheim einen Bauernhof hätten, wollte ich natürlich auch *ihre* Welt nicht durcheinanderbringen, sagte ja, obwohl es nicht stimmte, beantwortete brav, wie viele Kühe und wie viele Schweine wir hätten, und gab herzzerreißende Geschichten von Franz, unserem Hund, und Mitzi, unserer Katze, zum besten. Ich sagte nicht, dass ich aufs Gymnasium ging, ich sagte, ich ginge in die Landwirtschaftsschule, und malte ihnen Bilder von einem schweren Dasein aus, halb am Verhungern, halb aber auch im Himmel und mit beiden Hälften tief im vergangenen Jahrhundert.

Nicht bloß einmal war ich drauf und dran, mein ganzes Leben zugunsten einer vorgestanzten Heimat- oder meinetwegen auch Antiheimat-Tristesse zu verraten. Denn an seinen Rändern taugte es immer noch für das Pittoreske, einen Schuss Rosegger, einen Schuss Waggerl und einen Schuss auch von den zeitgenössischen Rosegger-und-Waggerl-Nachfahren, die das Land nach wie vor hervorbrachte und für große Aufklärer hielt, solange sie nur schnell links oder auch nur vermeintlich links gewendet waren und ansonsten unverändert den ewigen Trübsinn herunterbeteten. Wenn es den Vorstellungen der Gäste entsprach, zögerte ich also auch nicht, aus meinem Vater einen brutalen Saufkopf zu machen, der seine Kinder beim geringsten Anlass windelweich schlug, aus meiner Mutter eine frömmelnde Betschwester und Herrgottswinkel-Existenz, die bei ihrem ewigen Ave Maria und ihren Perle für Perle abgearbeiteten Rosenkränzen still vor sich hin vertrocknete, auch wenn ich ihnen damit unrecht tat.

Sooft mich einer fragte: »Wohin du wollen?«, oder gar: »Wo du wolle?«, war es ein Einheimischer. Dann gab ich den Jugoslawen, als den er mich einschätzte, schaute mit einem wilden Partisanenblick aus dem Seitenfenster und schaffte es, so verstockt und verschlossen zu wirken, dass ich in der Regel ohne ein weiteres Wort durchkam, nachdem ich mein Ziel genannt hatte. Ich überlegte, ob ich schnell die Tür öffnen und an einer Kreuzung bei Rot aus dem Auto springen könnte, wenn er vielleicht doch noch feststellte, dass ich ihn zum Narren hielt und in Wirklichkeit genau der gleiche Tiroler Holzkopf war wie er selbst. Am Ende blieb ich aber immer tapfer sitzen, und auch als mir nur ein paar Jahre später in Amsterdam der Fahrer eines Wagens, kaum dass ich bei ihm eingestiegen war, zwischen die Beine fasste und mir dabei sanft wie ein Priester in die Augen sah, sprang ich nicht hinaus, sondern war höflich zu ihm, wie ich zuvor noch zu keinem Menschen höflich gewesen war, um die peinliche Situation mit Anstand hinter mich zu bringen, und möglichst ohne ihn überhaupt merken zu lassen, wie peinlich sie war.

Aus der gleichen Höflichkeit stieg ich, wieder ein paar Jahre später, an einem Sonntagmorgen im Londoner East End hinter einem Pakistani die enge Holztreppe zu seinem Hinterhofzimmer hinauf. Wir waren auf der Straße ins Reden gekommen, er hatte mich gefragt, ob ich mit ihm einen Kaffee trinken ginge, und als ich merkte, dass er nicht auf einen Coffee Shop zusteuerte, war es schon zu spät. Ich wollte nicht »so sein« und ihn schon gar nicht falsch verdächtigen, und deshalb fand ich mich in einem von Möbeln und Umzugskartons vollgestellten halbdunklen Raum mit nur einem winzigen Fenster auf einem löchrigen Sofa wieder, trank höflich seinen Tee, obwohl ich Angst hatte, er könnte mir etwas hineingetan haben, sagte höflich ja und höflich nein und entschuldigte mich höflich, als er immer direkter und immer aufdringlicher wurde, mein Ausweichen ins Ungefähre und Harmlose nicht mehr hinnehmen wollte und schließlich unumwunden fragte, ob ich mir Sex auch mit einem Mann vorstellen könne.

Lange davor schon war ich in Stanford in einer Kneipe namens *Cardinal Sin* gestanden und hatte das Glück gehabt, dass mich drei indische Studentinnen selbst für einen Pakistani gehalten hatten. Sie sprachen mich nur deswegen an, so sagten sie zumindest, und wurden meine Freundinnen, mit denen ich in meinem amerikanischen Jahr viele Nachmittage und Abende verbrachte. Für eine von ihnen saß ich bei der Abschlussfeier als ihre Familienvertretung im Football-Stadion, und wo immer sie mich an diesem Tag mit ihrer Robe, ihrem Barett und der stolz an ihre Brust gedrückten Urkunde als ihren Cousin aus Bombay vorstellte, wie auch sie damals noch sagte, sah niemand einen Anlass, das in Zweifel zu ziehen. Ich war verliebt in sie und mochte, wie sie meinen Namen aussprach und darauf gern ein verschmitztes »*you fool*« folgen ließ, und wenn sie mich gefragt hätte, wäre ich ohne einen weiteren Gedanken mit ihr nach Indien gegangen und für immer dort geblieben, hätte vielleicht mehrere Kinder und würde nicht schreiben, sondern als Ausgewanderter irgendwo auf dem Subkontinent sitzen und für eine Firma in Amerika Computer programmieren, was auch nicht unbedingt ein schlechteres Leben wäre.

FÜR MEINE BIOGRAFEN

Die drei Rauchenden vor dem Eingang zur Hamburger Kulturbehörde ließen es sich offensichtlich wohl ergehen und hatten schon mit ihren Weihnachtsferien begonnen. Sie standen immer noch in der Sonne, als ich die Pakete abgeliefert hatte, und freuten sich über das warme Dezemberwetter. Ich grüßte sie mit einer servilen Verbeugung, die wahrscheinlich auch Robert Walser oder eine von Robert Walsers Figuren an meiner Stelle nicht besser zustande gebracht hätte. Sie grüßten in mir den Paketboten und *Gehülfen* zurück, und mir fiel erst da wieder ein, dass ich in der Woche davor auf dem Flughafen von Denver meinen eigenen Fauxpas provoziert hatte.

Dort hatte sich die Lufthansa mit Aeroméxico den Check-in-Schalter geteilt, und ich hatte zu der »mexikanisch aussehenden« Frau, die mein Gepäck in Empfang nahm, scherzhaft gesagt, sie solle es bloß nicht nach Mexiko schicken. Im selben Augenblick konnte ich in ihren Augen sehen, was mir unterlaufen war beziehungsweise was ich da angestellt hatte. Sie reagierte mit der größten Beflissenheit, versicherte mir, ich brauchte mich nicht zu sorgen, und kehrte ein Gesicht hervor, wie ich es selbst so oft hervorgekehrt hatte, um den anderen in einer vergleichbaren Situation die Scham zu ersparen. Ich entschuldigte mich, aber es war schon zu spät, und ich machte nichts besser, als ich meinte, sie solle mich nicht missverstehen, ich würde am liebsten selbst nach Mexiko fliegen, und wo die Koffer landeten, sei mir herzlich egal. Sie ließ mich reden und lächelte nur, aber ihr Lächeln galt schon dem, der in der Reihe hinter mir stand und mich in der nächsten Sekunde aus ihrem Blickfeld und aus ihrem Leben schieben würde.

NACHWEISE

Abdrucke

»Schmule«, eine Rede, gehalten beim Lucerne Festival 2018, und »Ein Hund sein«, die Dankesrede zur Verleihung des Thomas-Mann-Preises 2021, sind unter anderen Titeln zuerst in der *Neuen Zürcher Zeitung* erschienen.

»Die ohne Not gesagte Wahrheit« und »Der erste Satz« habe ich im Rahmen der Lichtenberg-Poetikvorlesungen am 8. und 9. Juni 2022 in Göttingen vorgetragen. Geplant waren sie ursprünglich für den Januar desselben Jahres. Sie sind hier zum ersten Mal publiziert.

»Das ›O‹ bei Hölderlin« und »Wo du wolle?« sind zuerst in der Zeitschrift *VOLLTEXT* erschienen.

»Aus Kanaan hinaus« bildet unter dem Titel »Ich bin vierzig Jahre aus Kanaan hinausgewandert« das Nachwort der Manesse-Ausgabe von Franz Kafkas Roman *Das Schloss*, wie dort die Schreibweise ist, erschienen 2018.

Auch »Mehr als nur ein Fremder« und »Die afrikanistische Präsenz« sind hier zum ersten Mal publiziert.

Zitierte Übersetzungen

James Baldwin, *Von dieser Welt* (Miriam Mandelkow), 2018
Von einem Sohn dieses Landes (Miriam Mandelkow), 2022
Nach der Flut das Feuer (Miriam Mandelkow), 2019
Ta-Nehisi Coates, *We Were Eight Years in Power* (Britt Somann-Jung), 2018
J. M. Coetzee, *Leben und Zeit des Michael K.* (Wulf Teichmann), 1986
William Faulkner, *Sartoris* (Hermann Stresau), 1961 (1988)
Licht im August (Helmut Frielinghaus, Susanne Höbel), 2008
Absalom, Absalom! (Hermann Stresau), 1938 (1991)
Die Unbesiegten (Erich Franzen), 1954 (1989)
Go down, Moses (Hermann Stresau, Elisabeth Schnack), 1953 (1974)
Requiem für eine Nonne (Robert Schnorr), 1956 (1986)
Gesammelte Erzählungen I–V (Elisabeth Schnack), 1965-1967 (1972)
Nelson Goodman, *Weisen der Welterzeugung* (Max Looser), 1984
Toni Morrison, *Im Dunkeln spielen* (Helga Pfetsch und Barbara von Bechtolsheim), 1994
Selbstachtung (Thomas Piltz, Nikolaus Stingl, Christiane Buchner, Dirk van Gunsteren, Christine Richter-Nilsson), 2020
Frank B. Wilderson III, *Afropessimismus* (Jan Wilm), 2021

Alle anderen Übersetzungen von Zitaten stammen von mir.

INHALT

Erster Teil
DAS WUNDERKIND,
DAS ICH NICHT WAR

Schmule 11

Zweiter Teil
... UND EXISTIERE ODER EXISTIERE NICHT ...

Die ohne Not gesagte Wahrheit 25

Der erste Satz 51

Dritter Teil
KLARHEIT UND SEHNSUCHT

Ein Hund sein 77

Aus Kanaan hinaus 87

Das »O« bei Hölderlin 106

Vierter Teil
DAS UNGLÜCKLICHE TERRITORIUM

Mehr als nur ein Fremder 117

Die afrikanistische Präsenz 147

Fünfter Teil
FÜR MEINE BIOGRAFEN

Wo du wolle? 179

NACHWEISE

Abdrucke 187

Zitierte Übersetzungen 188

NORBERT GSTREIN, geboren 1961 in Tirol, schrieb sein erstes Buch während eines Studienaufenthalts in Stanford, Kalifornien. Er war Stipendiat des Deutschen Literaturfonds an der New York University und unterrichtete ein Seminar an der Washington University in St.Louis. Zuletzt erschienen von ihm die Romane *Die kommenden Jahre* (2018), *Als ich jung war* (2019), *Der zweite Jakob* (2021) sowie *Vier Tage, drei Nächte* (2022).